안녕하세요?

이웃집 수달입니다!

시끌벅적 둥이들이 몰려온다!

안녕하세요? 이웃집수달입니다!

시끌벅적 둥이들이 몰려온다!

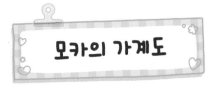

모카의 가계도

● 암컷 수달　● 수컷 수달

모카를 분가시킨 후
다시 신혼처럼 깨가
쏟아지는 삶을 살고 있는
돌체와 라떼 ♡.

돌체

라떼가 출산 중일 때 놀러
다닐 정도로 장난기가 많고
사랑스러운 떼쟁이다.

라떼

새침하고 우아하게 행동하지만
먹을 것 앞에서는
식탐 많은 먹방 요정이다.

모카

할미 할비 앞에서는 애교쟁이,
남편 앞에서는 장난꾸러기,
아기 수달에게는 엄한
스파르타 교관이다.

토피

세상 다정한 남편이자 아빠,
사람에게는 소심하고 겁쟁이지만
아기와 아내를 위해선 주위를
경계하고 지키는 듬직한 가장이다.

◀ QR코드 찍고
이수달 뮤직비디오
바로 보기

4

버터

사둥이 중 첫 번째로
태어난 장남.
덩치가 가장 크고
식탐이 많다.

솔티

호기심이 많고 장난기도
많은 서열 1위.
사둥이 중 최고 미남으로
인정받고 있다.

메이

태어날 때부터
목청이 남달랐던 아이.
소유욕이 강해 신흥
떼쟁이로 떠오르고 있다.

오뜨

겁이 많고 소심한
성격의 소유자. 하지만
친해지면 애교도
많고 장난도 잘 친다.

두 번째 출산 차세대 귀요미들의 등장! 엄청난 녀석들이 온다!

가장 크게 태어나 식탐이 많고
잠도 많다. 서열 1위 답게
성격도 제법 있다.

겁이 없어 호기심도
많고 사람에게
장난도 잘 친다.

보스

캐모

루이

가장 작게 태어나
오둥이 중 옷발이 잘 받는
패션 스타. 사람을 좋아해
애교가 많고 얌전하다.

로즈

오둥이 중 유일한 여자아이.
고양이 같은 성격으로
새침하지만, 애교가 있다.
누가 자신을 만지는 걸 싫어한다.

마일로

겁이 많아 소심하고
행동이 느린 편이지만
밥 먹을 때만큼은
놀라운 힘을 발휘한다.

5

차례

Chapter 3 수 형과 달 누나의 이야기

Chapter 4 둥이들의 성격 분석 & 특별한 사진전

○ Previous story ○

Welcome,
Otter's Home!

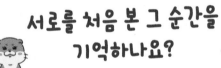

서로를 처음 본 그 순간을 기억하나요?

처음 뵙겠습니다.
수달 남, 토피입니다!
앞으로 잘 부탁드려요!

 과거 사 남매의 아빠인 토피를 처음 본 날,
어찌나 가슴이 떨리던지 슬레이트 밑에 숨어
곁눈질로 지켜봤어요.

신 상 공 개

성명: 토피

성별: 남

생년월일: 2021년 8월 18일(모카와 동갑)

특징: 길쭉한 얼굴형에 범위가 넓은 흰 눈썹을 가졌다.
      큰 눈과 까맣고 큰 코가 매력적이다.
      사람에게는 소심하고 겁쟁이다.

새 친구와 함께 여기서 살 거란다.

새 친구?

어머, 어머!
이 감정은 뭐지?
왜 자꾸 가슴이 콩닥콩닥 하는 거야?

새침

부끄

이때만 해도 토피가 어찌나 겁이 많고
부끄럼을 많이 타던지….
이 험한 세상을 어떻게 살지 걱정했었는데요.
괜한 걱정이었죠. 지금은 저와 아이들을
지켜주는 듬직한 남편이에요.

결국 참지 못하고 켄넬로 다가간 직진녀 모카!

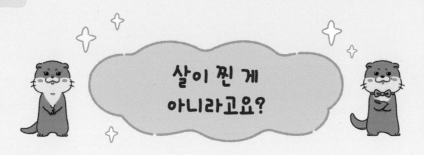

사둥이 엄마가 되었어요!

토피와 달콤한 신혼 생활을 시작한 뒤, 어느 날부터인가
모카가 자꾸 졸려 하고 예민하게 굴었어요.
혹시 몸에 이상이 생긴 건 아닌지 병원에 데리고 가서
정밀 검사를 받기로 했어요.

모카야!
걱정 마!

이때 기억이 아직도 생생해요.
입맛은 솟구치는 데 자꾸만 졸음이 쏟아지고,
결국 할미의 손에 이끌려 병원에 갔어요.
갑자기 배털을 밀고 초음파를 보는데
무서웠어요. 그런데 할미가 머리를
쓰다듬어 줘서 안심이 됐어요.

모카야!
너 임신했대!

초음파에 아기집이 보였어요!
이때는 3마리가 보였지만 실제
출산할 때는 4마리였어요. 다른
아기 수달에 가려 보이지 않았답니다.

우리 사둥이들 이쁘죠?
애 낳느라 배가 너무 아팠는데
예쁜 사둥이를 보니 아픔이
'싸악' 사라졌어요!

모카는 힘든 첫 출산을 이겨 내고
귀여운 수달 사 남매를 낳았답니다. 눈도
뜨지 못하고 얼굴 특징도 드러나지 않아
누가 누군지 모를 뽀시래기 시절이네요.

말괄량이 소녀였던 모카가 엄마가 되어
사둥이에게 젖을 먹이네요. 젖을 먹이다 졸린
모카의 등 뒤를 토피가 지키고 있어요.

이때는 애들 젖만 물리면
잠이 스르륵 왔어요. 토피가
옆에서 늘 지켜주고 있었군요.
토피야, 고마워!

쑥쑥 자라는
아기 수달이에요

모카와 토피 사이에서 태어난 사둥이!
처음 눈을 떴어요. 그리고 이름도 생겼지요.
맨 왼쪽부터 버터, 솔티, 메이, 오뜨랍니다.

버터　솔티　메이　오뜨

아직은 눈을 감고 있어서 잘 모르겠지요?
하지만 엄마인 제 눈엔 생김새도
다르고 저마다 이뻐요.

아기 수달들의 걸음마 시절부터 첫 수영까지 무럭무럭 자라는 사둥이의 이야기를 정리해 보았어요.
과연 외모도 성격도 제각각인 아기 수달들의 육아를 모카와 토피가 잘할 수 있을까요?

18

흠… 우리의 일상을 공개합니다!

표정 좀 풀어~ 너무 근엄해.

몹시 불편하고 언짢군.

난 모르겠고! 어서 내려 줘.

 첫 육아라 힘들기도 했지만 토피와 할미, 할비가 도와줘서 무사히 잘 해낼 수 있었어요. 그럼, 모카의 육아 일기, 계속 이어 나가 볼게요! 저를 따라오세요!

버터

솔티

메이

오뜨

Chapter 1

첫 사둥이
육아 시작!

노는 게 제일 좋아요

우리 꼬물이들~ 얌전하게 잘 자고 있네!

쪽~

태어난 지 30일이 지난 사동이. 아직 활동하는 시간보다 잠자는 시간이 많을 때예요. 수영하고 온 모카가 아기들이 잘 있는지 살펴봐요.

ZZZ

방금 엄마 목소리가 들렸는데~.

아가들은 잘 자네요. 우리 놀러 가요!

방금도 우리 놀러 갔다 왔는데….

토피와 함께 물을 마시다가 슬쩍, 자리를 떠나는 모카. 모카야, 이때 어디 갔다 왔니?

노는 데 진심이군.

어서 와요!! 지금 아니면 놀기 힘들다고요.

화들짝

아~ 그때는 육아의 스트레스를 수영으로 풀었죠. 저 시기엔 토피와 함께 뭘 해도 즐겁더라고요~! 지금도 안 즐겁다는 건 아니에요~.

모카와 토피가 없어도
쿨쿨 잠만 자는 사둥이들!
잠깐 눈을 뜨는 것 같더니
다시 잠의 세계로 빠져드네요.

888

살짝 눈을 떴어요~

도저히 애들이
신경 쓰여서
신나게 못 놀겠어요!

잠시 후 다시 돌아온 모카

우리 애들 좀
지켜봐 주세요!

모카야~ 왜?
할비한테
할 말이 있어?

수 형을 바라보는 모카의 얼굴에서
간절함이 보이네요.

하하하~
걱정 마.

23

전 잠에서
깼어요~.

쿨 쿨~

사둥이는 여전히 꿈나라에 빠져 있어요. 수 형은 사둥이를 키우느라
눈코 뜰 새 없이 바빴던 모카와 토피를 위해 잠시 아이들을 돌봐 주기로 했어요.

저희 그럼
다녀올게요!

너무 늦게
오진 마~.

역시 우리 할비 최고!
앗! 할미도 최고!!

엄마, 아빠는
어디로 갔지?

모카와 토피가 사라지고 얼마 뒤. 슬쩍 눈을 뜨는 아기 수달!
엄마, 아빠를 찾는 걸까요? 활발하게 움직이는 걸 보니 솔티인 거 같죠?

은근슬쩍 아직 자는 다른
아기 수달 위로 올라타 보는 솔티.

솔티가 밟아도 꿈적도 하지 않고 자고 있네요.
결국 다른 형제를 깨우기로 결심했어요.

꼬물

다음은
너다!

꼬물

한 번에 두 아기
수달 누르기 성공!

그다음에는 발로 꾹꾹이 하기!
하지만 아무도 일어나지 않네요.
솔티만 신나게 장난을 치고 있어요.
아직 엄마 아빠가 외출 중인 건 모르는 것 같지요?

일어나~!
이래도
안 일어나?

짜악~

사람 살려~.
아, 아니
수달 살려!

할비가 애들을
잘 봐준다고 했는데!
아기들의 행동이 귀여워서
지켜보기만 했을 게 뻔해요.

혼자 뚝 떨어져 자는 친구는 누굴까요? 새침한 성격인 거 보니 메이 같지요?
옆에서 소란스러운 소리가 나자, 이제야 혼자 있는 걸 알게 되었어요.

비몽사몽의 상태로 다른 형제들이 있는 곳으로
슬금슬금 걸어가더니 이불 안으로 쏘옥 들어가네요.
그나저나 모카야, 자리를 오래 비운 거 아니니?

셋이 함께 자는 것 같이 보이지만
이불 안에는 메이가 있어요.

이불에서 나온 메이가 가운데로 쏙 끼어들어요.
어느새 사둥이가 다시 모여 서로 체온을 의지해 잠을 자요.
엄마 아빠가 없어도 형제애로 똘똘 뭉쳐 서로를 지켜줘요.

자면서도 하품하는 아기 수달.
서로의 체온이 그 어느 때보다 포근한지
계속 잠만 자네요.

자도 자도
졸려~.

같이 자자.

어찌나 깊게 자는지 다른 형제가 몸을 핥는데도
미동도 없이 잠만 잘 자요. 순하디순한 아기 수달이에요.

엄마인 모카의 배에서 함께했던 추억이 생각났을까요?
시간이 지날수록 넷이 더 똘똘 뭉쳐 자고 있어요.
자다가 발가락을 꼼지락거려요.
평온한 아기 수달들의 표정을 보고 있자니
수 형과 달 누나도 잠이 솔솔 올 것만 같아요.

꼼지락

꼼지락

제가 낳았지만, 우리 아기들
굉장히 귀엽지 않나요?
이쁜 내 새끼들~!

이제야 잠이 든 사둥이에게
돌아온 모카!

사둥이에게 젖을 먹이기 위해
모카가 새끼 옆에 자리를 잡고 누웠어요.

모카가 새끼들을 하나씩 안아서
젖을 물려요. 이럴 때 보면 모카도
프로 엄마가 다 된 것 같다니까요.

잠을 자면서도 젖을 무는 아기 수달들.
모카도 잠이 들고, 사둥이도 엄마 품에서 잠을 자요.
꿈속에서 수달 가족은 어떤 꿈을 꿀까요?

엄마 품은 항상 따뜻해요~!

기억은 안 나지만 무지 행복한 꿈을 꿨던 것 같아요.
곁에는 꼬물거리는 귀여운 새끼들이 있고,
언제나 우릴 사랑으로 보살펴 주는 할미, 할비가 있고~.
제가 말을 했던 적이 있던가요?
할미~ 할비~ 동물원의 모든 가족 사랑해요~!

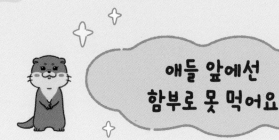

애들 앞에선
함부로 못 먹어요

엄마,
뭐 드세요?

많이 먹고
무럭무럭 자라렴~

애들 앞에선
뭘 먹을 수가
없다니까!

맛있는 연어
함께 먹어 볼까요?

어머~ 언제 이렇게 아기 수달들이 컸죠?
제법 수달 티가 나네요. 그래서 수 형과 달 누나가
이유식으로 아기 수달 만한 큰 연어를 준비했어요.
그런데 모카와 토피도 연어 냄새를 맡고 달려드네요.

쿵쿵
이게 뭐지?

옹기

종기

일단 냄새로
탐색해 보자!

신선한 통연어네.
내가 군침이
흐르는걸!

이때 아이들이 연어를 잘 먹을지
걱정했었는데…. 괜한 걱정이었죠.

일단 귀퉁이부터
물어뜯어 볼까?

덥석!

맛있는데~!

조금만 더 냄새를
맡아 보고….

쿵쿵

역시 호기심 많은 솔티가 연어의 제일
얇은 부분을 공략하며 한 입 먹어 보네요.
먹보인 버터는 향을 먼저 음미해요.

솔티와 버터는 연어 맛보기 성공!!

하지만 메이와 오뜨는 연어가
싫은가 봐요. 오뜨는 연어 냄새만
맡다가 결국 사료로 향했어요.

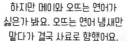

전 사료가
더 좋아요!

쿵쿵

연어를 싫어하는 수달은 말도 안 되죠!
이럴 때 할미, 할비를 불러요~
할미, 할비 출동~!

그럼, 그럼!
이 맛있는 연어를 안 먹는다니.
내게 맡겨라, 모카야!

먹기 좋은
한 입 크기!

식감이 좋게
두툼하게!

국수처럼
가늘고 길게!

어린 수달이 먹기 좋은 크기로 송송! 할비가 다양한 크기로 연어를 잘라 왔어요.
센스 있는 할비! 옹기종기 잘게 자른 연어 앞으로 사둥이가 다시 모여들었어요.

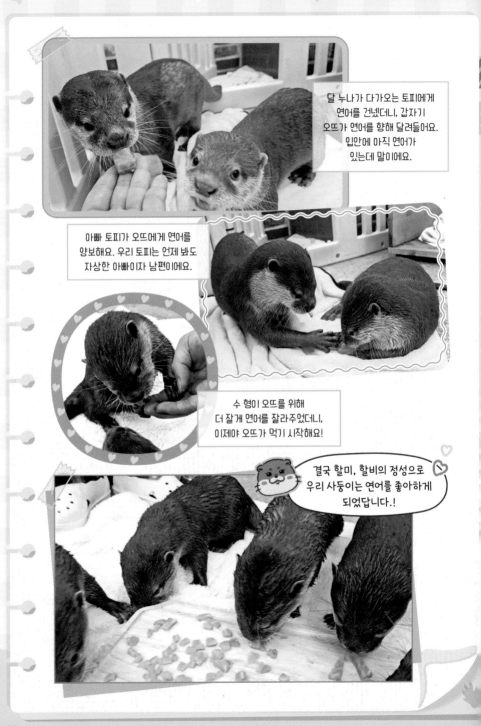

달 누나가 다가오는 토피에게
연어를 건넸더니, 갑자기
오뜨가 연어를 향해 달려들어요.
입안에 아직 연어가
있는데 말이에요.

아빠 토피가 오뜨에게 연어를
양보해요. 우리 토피는 언제 봐도
자상한 아빠이자 남편이에요.

수 형이 오뜨를 위해
더 잘게 연어를 잘라주었더니,
이제야 오뜨가 먹기 시작해요!

결국 할미, 할비의 정성으로
우리 사둥이는 연어를 좋아하게
되었답니다.!

아빠 껌딱지가 된 사둥이

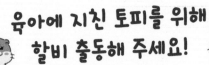

육아에 지친 토피를 위해 할비 출동해 주세요!

사동이가 태어난 지 어언 7개월 차, 토피와 모카 뒤를 졸졸 쫓아다니며 엄마, 아빠와 한창 놀고 싶은 나이에요.

오늘은 좀 쉬고 싶다.

두근 두근

애들이 이번엔 누구랑 놀자고 할까?

이때는 사동이의 에너지가 정말 어마어마했죠. 육아가 가장 힘들었던 시기였어요. 하지만 다행히 애들이 아빠를 무척 좋아해서 저는 토피에 비해 덜 힘들었던 것 같아요. 여보 고마워요~!

어험, 자연스럽게 아이들에게서 떨어져 볼까!

??

?!

??

아빠, 어디 가요?

여기 애들이 오면 안 되는 곳이야!

아빠~ 가지 마요!

토피가 살짝 방향을 틀자, 아빠 껌딱지인 사동이도 아빠를 따라가려고 해요.

38

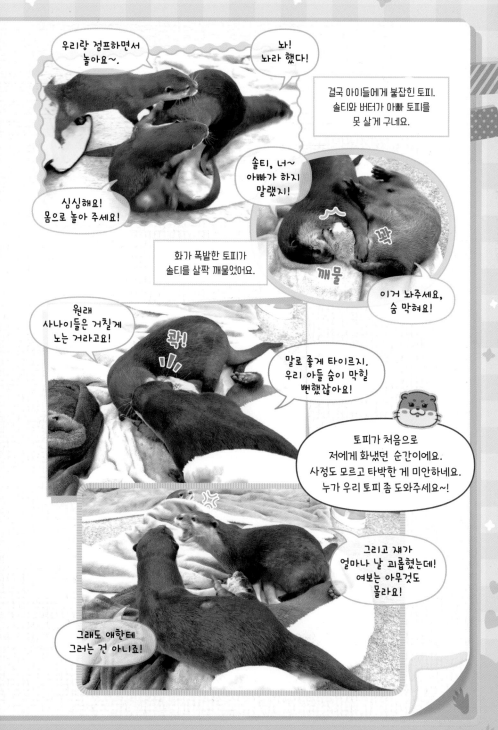

토피,
널 구하기 위해
내가 왔다!

별명: 수 형
직업: 사육사
특기: 터그 놀이 달인

바로 그때! 할비가 양손에 터그를 흔들며 나타나요.
과연 터그로 사둥이의 마음을 사로잡을 수 있을까요?

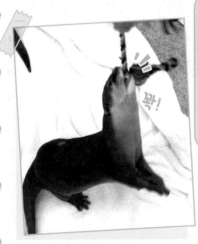

꽉!

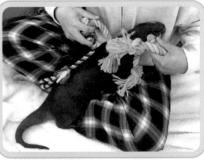

재미있어
보이는데?

터그를 휘두르자 사둥이보다
오히려 모카가 신이 났어요.
오랜만에 수 형과 노는 게 즐거웠는지
수 형의 품을 파고들어요.
모카야, 그렇게 재미있었니?

할비와 노는 건
항상 재미있단 말이에요~.
아이들한테도 양보하기
어려워요.

우리도 할비랑 놀아 볼까?

수 형의 현란한 터그 돌리기에 사동이도 관심이 생겨 수 형에게 다가가요.

여기 들어와 봐!

누가 더 안 오는지 망 좀 볼게.

알고 보니 터그가 아니라 수 형에게 관심이 있던 거였네요. 사동이는 번갈아 가며 수 형의 옷 속을 들락날락하네요.

요게 얇으면서 부드러운 게 내 스타일인데!

요거 좀 재밌는데!

한 녀석이 수 형의 후드에 달린 끈을 가지고 놀더니, 다른 녀석들도 달려들어요. 결국 힘들어서 수 형이 드러눕고 말았어요.

에고~ 힘들다.

뭔가 좋은 냄새가….

깨물기 딱 좋은데!

그러자 오히려 사동이는 수 형의 몸을 놀이동산 삼아 이곳저곳을 탐험해요. 수 형은 앞으로 벌어질 일을 상상도 못 했겠죠?

여기도 탐험해 보자~. 신기해.

할비의 머리를 잡아 볼까!

할비 좀 그만 괴롭혀! 어서 나가!

엄마는?

할비가 힘들어 보여서 제가 나서지 않을 수가 없었다니까요!

수 형은 조금 힘들었지만 모카와 아이들이 웃는 모습을 보면 또 언제 그랬냐는 듯 힘이 생긴다고 해요.

할비 품은 언제나 따뜻해요.

42

나도 할비에겐 아기라고요!

모카를 위한 생일 케이크를 만들어요

완성작

모카의 세 번째 생일이에요. 수 형과 달 누나가 모카의 생일을 맞이해서 특별한 선물을 준비했어요! 그건 바로 오징어 연어 케이크!

냉동 오징어 스테이크를 준비해요. 꽝꽝 언 오징어 스테이크를 끓는 물에 살짝 데쳐 줘요.

오징어는 너무 익히면 질겨지니까 살짝 데쳐 줍니다.

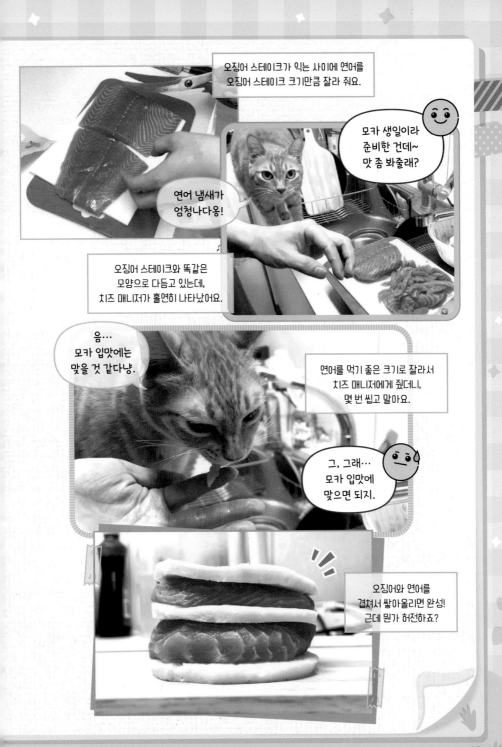

오징어 스테이크가 익는 사이에 연어를
오징어 스테이크 크기만큼 잘라 줘요.

모카 생일이라
준비한 건데~
맛 좀 봐줄래?

연어 냄새가
엄청나다옹!

오징어 스테이크와 똑같은
모양으로 다듬고 있는데,
치즈 매니저가 홀연히 나타났어요.

음…
모카 입맛에는
맞을 것 같다냥.

연어를 먹기 좋은 크기로 잘라서
치즈 매니저에게 줬더니,
몇 번 씹고 말아요.

그, 그래…
모카 입맛에
맞으면 되지.

오징어와 연어를
겹쳐서 쌓아올리면 완성!
근데 뭔가 허전하죠?

45

생일 축하합니다~ 생일 축하합니다~
사랑하는 모카의 생일 축하합니다~

촛불을 키고 나니, 이제야 케이크의 모습을 갖췄네요. 케이크를 들고 들어가니
모카와 토피, 새끼들까지 신기해서 폴짝폴짝 뛰며 난리가 났어요.

이날 진짜 깜짝 놀랐어요.
그것도 제가 가장 좋아하는
연어로 만든 케이크라니!
할미, 사랑해요~.

연어 한 판을 야무지게
먹는 모카예요.
모카야, 생일 축하해~.

모카를 낳고 기르느라
고생한 돌체와 라떼에게도
생일 케이크를 나눴어요.

제일 좋은
생일 선물은?

할비~
고마워요.

자기는?

항상
선물처럼 옆에
있어 줄게요!

새집으로
이사를 가요

분주한 공사 현장! 과연 누구를 위한 보금자리일까요?
어느덧 공사를 마치고 새 보금자리를 공개해요.
새 입주자가 누구일지 보자고요~!

새 보금자리 완성

침실

수영장

커플 수달만을 위한 널찍한 수영장.
그 앞에는 환한 햇살을 받으며 물기도 닦고 놀 수 있는 멀티존,
수영장 옆에는 편안하게 잘 수 있는 아늑한 침실이 자리하고 있어요.

멀티존

달 누나가 주인공을 모셔 왔는데요.
바로 모카와 토피예요.
역시 모카가 재빠르게 둘러보더니,
이어서 토피가 따라왔어요.

여기서
우리 둘만
산다고?

너도 어서 들어와!
시원해!

사둥이는 이제 엄마 아빠가 필요 없을 정도로 훌쩍 자라,
독립할 시기가 왔어요. 그래서 수 형과 달 누나는 이 기회에
육아로 고생한 모카와 토피에게 새 보금자리를
선물해 주기로 했어요. 토피는 아직 얼떨떨한 것 같죠?

모카와 토피가 새 환경에 친숙해지기 위해
달 누나가 터그 놀이를 해 줘요.

나도
할래요!

여보, 나도
하고 싶어요.

절대 놓치지
않을 거예요!

토피도 터그 놀이에
참여해요.

내가 놀 때 방해하지
말라고 했죠!

여보,
같이 놀아요!

여보~
모카야~.

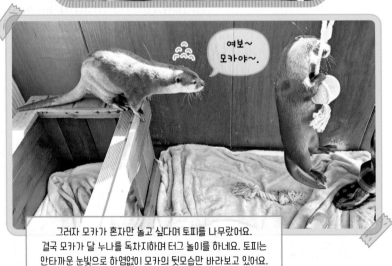

그러자 모카가 혼자만 놀고 싶다며 토피를 나무랐어요.
결국 모카가 달 누나를 독차지하며 터그 놀이를 하네요. 토피는
안타까운 눈빛으로 하염없이 모카의 뒷모습만 바라보고 있어요.

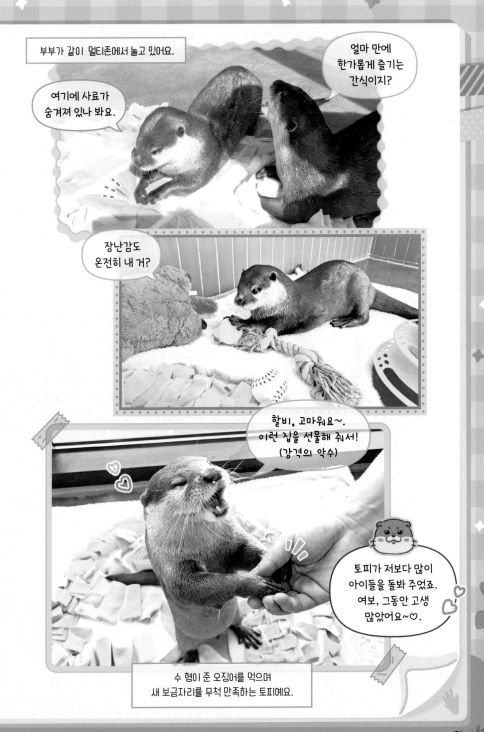

부부가 같이 멀티존에서 놀고 있어요.

여기에 사료가
숨겨져 있나 봐요.

얼마 만에
한가롭게 즐기는
간식이지?

장난감도
온전히 내 거?

할비, 고마워요~.
이런 집을 선물해 줘서!
(감격의 악수)

토피가 저보다 많이
아이들을 돌봐 주었죠.
여보, 그동안 고생
많았어요~♡.

수 형이 준 오징어를 먹으며
새 보금자리를 무척 만족하는 토피예요.

이사의 마지막 만찬은 역시 미꾸라지지!

미꾸라지를 열심히 사냥하고 야무지게 먹는 모카와 토피. 이사는 대성공이에요.

모카와 토피, 아이들 키우느라 고생했어. 새 보금자리에서도 알콩달콩 행복하게 살아 줘~!

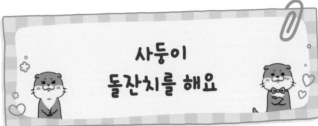

사둥이
돌잔치를 해요

엄마 아빠 없이도 오늘도 활기차게
장난을 치며 놀고 있는 사둥이예요.

우리 애들이 진짜 많이 컸네요.
엄마 아빠 없이도 저리 잘 지내고
있는 모습을 보니 대견하면서도
조금은 서운한 마음이 들어요.

달 누나가 들어가니 엄청나게 반겨 주네요. 무슨 날인지 아는 걸까요?
특별히 더 신난 모습이죠? 바로 사둥이가 태언난 지 1년이 되는 날이예요.
그래서 수 형과 달 누나가 사둥이의 돌잔치를 준비했답니다.

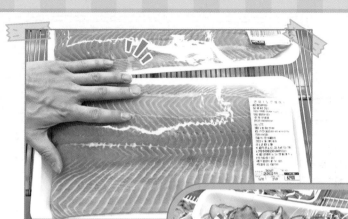

자고로 잔치에는
음식이 넉넉해야 하는 법!
수 형은 가장 큰 연어를 고르고,
전복도 준비했어요.

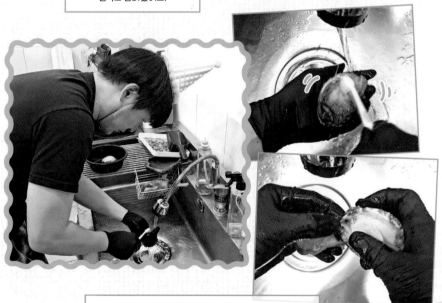

사둥이들을 위해 수 형은 오늘도 음식 손질을 열심히 해요.
이제 전복 하나를 손질하는 데 30초면 충분해요.

판! 사둥이들의 취향을 파악하기 위해 익힌 전복과 생전복도 같이 준비했어요. 사둥이들을 아끼는 수 형의 마음이 느껴지죠?

연어를 먼저 들고 들어온 수 형을 보자 자리에서 방방 뛰는 사둥이! 난생처음 대형 연어를 봐서 그런지 평소보다 더 신이 난 것 같아요.

할비 최고!

우아!

이것도 연어인가?

연어를 사둥이에게 대령하고 보니, 정말 엄청난 크기의 연어예요. 사둥이보다 더 큰 것 같아요. 대형 연어의 모습에 사둥이가 놀란 것 같죠? 솔티는 수 형의 손에서 연어 냄새가 났는지 수 형의 손도 깨물어요.

나 솔티에게 불가능은 없지.

역시 솔티가 먼저 연어의 귀퉁이를 공략해서 먹어 보네요. 다른 아이들은 연어의 꼬리를 공략하고 있어요.

우리는 꼬리를 공략해 보자.

아무래도 좀 잘라 줘야 할 것 같아요.

수 형이 먹기 좋게 연어를 자르고, 전복도 챙겨 왔어요.
과연 사둥이는 무엇을 고를까요?

사둥이들의 선택은 전복! 수 형이 정성스럽게 손질한 전복 앞으로 모여들어요.
순식간에 전복을 먹어 치우고 바닥에 떨어진 전복을 두고 다투네요.

Postcard

To

_____

place
stamp
here

비매품   서울문화사

키워 주셔서 감사해요

○ **Chapter 2** ○

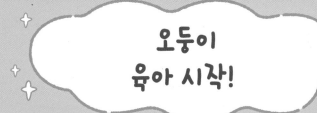

오둥이
육아 시작!

모카가 또
잠이 많아졌어요

모카야,
일어나자. 우리
병원 가야 돼요~!

네?
전 아무 이상이
없는데요?

너무 졸려요.
담에 가요~!

모카가 더 자고 싶다며 달 누나의 손에 쏙 들어와서 눈을 가리고 자네요.
그새 잠든 모카의 모습이 너무 귀여워서 결국 달 누나는 모카가
좀 더 잘 수 있도록 다른 준비를 먼저 하기로 했어요.

모카가 평소보다 잠도 많아지고
밥도 많이 먹어서 달 누나는 모카가
임신을 한 게 아닐까, 생각했어요.
몸무게를 재어 보니
평소보다 무게가 좀 나가요.

숙녀의 몸무게는
비밀인데!

우리만
알고 있을게~!

4170

살짝
볼록한 배

토피야,
너도 임신한 건
아니지?

에이, 무슨 말씀을~
그저 모카와 맛있게
먹었을 뿐이에요.

토피도 몸무게를 재 보았어요. 어라?
토피도 평소보다 무게가 많이 나가는데요.
모카도 많이 먹어서 살이 쪘을 뿐인가?
확실한 건 병원에 가 봐야 알 수 있겠죠?

4542

예쁜 하네스를 메고
병원에 갈 준비를 해요.
이동장에 있는 모카를 보니, 역시
우주 최강으로 예쁜 것 같아요.

예쁜 우리
모카~!

수 형과 달 누나는 모카가 처음 임신을 확인했던 병원으로 모카를
데려왔어요. 진료 대기 시간이 남아, 병원 옥상 정원에서 잠깐
놀기로 했어요. 마침, 날도 좋아서 모카가 긴장을 풀기 좋겠지요.

너무
더워요.

모카야,
왜 그래?

산책을 조금 하다가,
너무나 더운 날씨에 그늘에 있는
수 형에게 다가왔어요.

진료 시간도
다 된 것 같으니
들어가요.

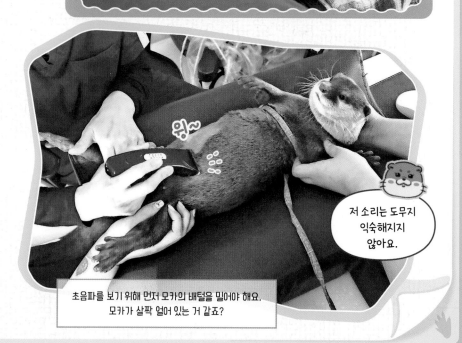

윙~

저 소리는 도무지
익숙해지지
않아요.

초음파를 보기 위해 먼저 모카의 배털을 밀어야 해요.
모카가 살짝 얼어 있는 거 같죠?

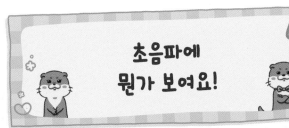

초음파에
뭔가 보여요!

선생님이 모카의 배에
젤을 바르고 초음파를 봐요.

잘 부탁드려요.
선생님~.

지금부터
초음파 볼게요.

간호사 선생님은 모카가
안정을 찾을 수 있도록
뒷발을 계속 마사지해 주셨어요.
그래서 그런지 모카의 표정이
한결 편안해 보여요.

심장이 뛰는 모습

쿠과광 콰광

초음파 화면을 보니, 심장이 뛰는 모습이 보여요.
심장 소리도 우렁차요. 선생님은 일단 새끼는 3마리
정도가 보인다고 했어요. 하지만 새끼들이 겹쳐 있으면
안 보이기에 더 많은 새끼가 있을 수도 있다고 하셨어요.

2024. 6. 3
모카야 축하해ᵕ♡!!

선생님께서 모카의
두 번째 임신을 축하하며
배털을 따로 챙겨 주셨어요.

집으로 돌아오자마자 하네스도 풀지 않은 채
물속으로 풍덩 하고 빠지는 모카예요.

병원에 다녀와서
지치고 더웠는데, 시원한 수영장을
보고 저도 모르게 달려 들어갔죠.
물속에 있으니 살 것 같았어요.

출산을
시작해요!

아고고고~
여보, 애가
나오려나 봐요.

뭐?

여보,
괜찮아?

2024년 6월 17일 오전 5시 30분.
모카가 진통을 시작했어요.
수 형과 달 누나는 모카의 출산에 방해되지 않도록
카메라를 통해 다른 방에서 지켜봤어요.
해가 뜰 때까지도 모카의 진통은 계속되었고,
아픈 모카를 토피가 옆에서 돌봐 주었어요.

토피가 곁에서
너무 잘 챙겨 줬어요.
우리 남편 참 자상하죠?

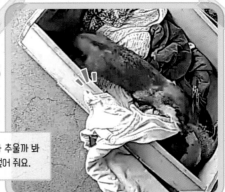

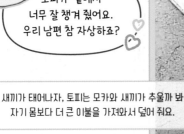

새끼가 태어나자, 토피는 모카와 새끼가 추울까 봐
자기 몸보다 더 큰 이불을 가져와서 덮어 줘요.

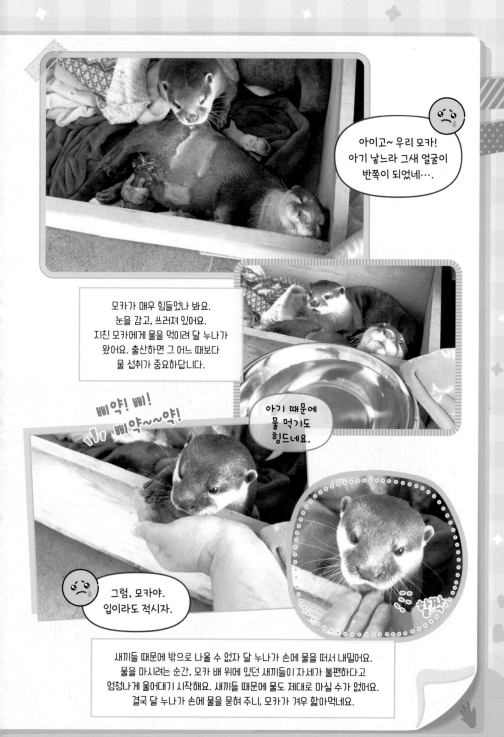

아이고~ 우리 모카!
아기 낳느라 그새 얼굴이
반쪽이 되었네….

모카가 매우 힘들었나 봐요.
눈을 감고, 쓰러져 있어요.
지친 모카에게 물을 먹이려 달 누나가
왔어요. 출산하면 그 어느 때보다
물 섭취가 중요하답니다.

삐약! 삐!
삐약~~약!

아기 때문에
물 먹기도
힘드네요.

그럼, 모카야.
입이라도 적시자.

새끼들 때문에 밖으로 나올 수 없자 달 누나가 손에 물을 떠서 내밀어요.
물을 마시려는 순간, 모카 배 위에 있던 새끼들이 자세가 불편하다고
엄청나게 울어대기 시작해요. 새끼들 때문에 물도 제대로 마실 수가 없어요.
결국 달 누나가 손에 물을 묻혀 주니, 모카가 겨우 핥아먹네요.

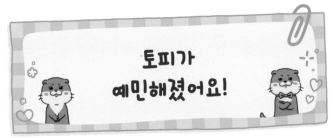

토피가 예민해졌어요!

모카에게 계속 물을 주려는데 토피가 못마땅한 눈치예요.

우리 모카에게 왜 자꾸 오는 거야! 숨겨 둬야지!

경고합니다! 우리 모카에게서 떨어져요!

모카야, 위험하니까 넌 뒤에 있어!

이번엔 배고픈 모카를 위해 달 누나가 미꾸라지를 주려는데, 토피가 경계 태세를 갖추고 있네요.

이때 오해가 있었는데요. 토피도 할미, 할비 냄새가 나긴 했는데…

모자를 쓴 할미, 할비를 처음 봐서 좀 헷갈렸대요. 워낙 우리 토피가 경계심이 강하잖아요.

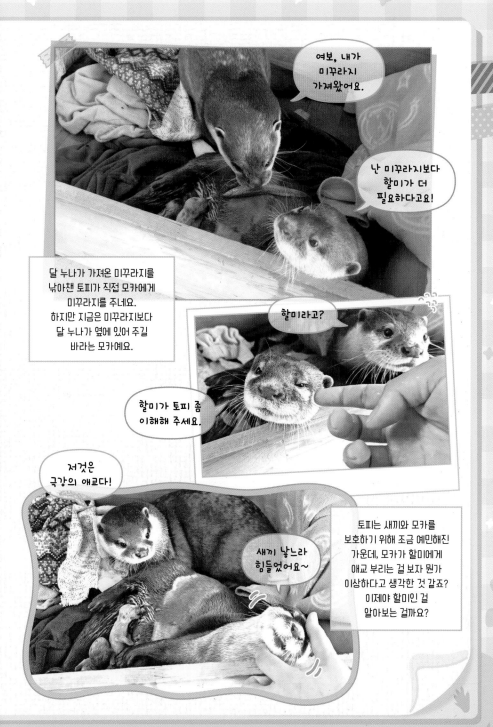

여보, 내가 미꾸라지 가져왔어요.

난 미꾸라지보다 할미가 더 필요하다고요!

달 누나가 가져온 미꾸라지를 낚아챈 토피가 직접 모카에게 미꾸라지를 주네요. 하지만 지금은 미꾸라지보다 달 누나가 옆에 있어 주길 바라는 모카예요.

할미라고?

할미가 토피 좀 이해해 주세요.

저것은 극강의 애교다!

새끼 낳느라 힘들었어요~

토피는 새끼와 모카를 보호하기 위해 조금 예민해진 가운데, 모카가 할미에게 애교 부리는 걸 보자 뭔가 이상하다고 생각한 것 같죠? 이제야 할미인 걸 알아보는 걸까요?

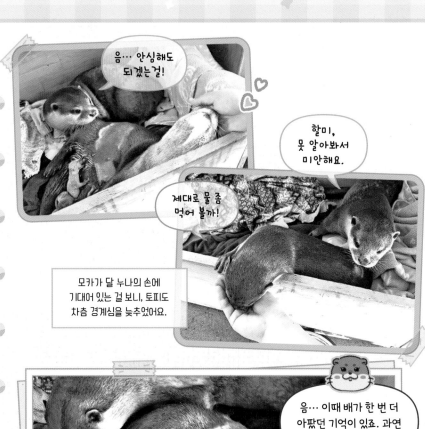

음… 안심해도 되겠는걸!

할미, 못 알아봐서 미안해요.

제대로 물 좀 먹어 볼까!

모카가 달 누나의 손에 기대어 있는 걸 보니, 토피도 차츰 경계심을 늦추었어요.

음… 이때 배가 한 번 더 아팠던 기억이 있죠. 과연 네 마리가 끝일까요~!

모카도 점점 안정을 되찾고, 모카의 품에 네 마리의 아기 천사들이 새근새근 잠들어 있어요. 앞으로 네 마리의 새끼들이 어떻게 커 갈지 기대가 되네요.

보디가드,
토피

외부인은
들어오시면
안 됩니다!

두

둥

뻑—!

선글라스 벗고
똑바로 봐 봐!

할미?

뭔가 좀 다른데…
아무튼 제가 다시
아빠가 되어서
예민해졌어요.

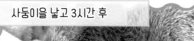

사둥이에서
오둥이가 됐어요!

사둥이을 낳고 3시간 후

어랏! 이게 어찌된 일이죠? 모카의 품에 다섯 마리의 새끼들이 안겨 있어요!

1

3

2

4

5?!

글쎄… 제가 다섯 마리를 임신하고 있었던 거예요. 끝인 줄 알았던 출산을 한참 후에 다시 했죠. 어찌나 힘이 들던지….

자기가 좋아하는 장난감을 가져왔어요. 이거 보고 힘내요~!

이게… 아닌데….

←토피가 준 장난감

어쓱

귀찮으니까 치워요!

출산하느라 고생한 모카를 위해 토피가 장난감을 가지고 왔어요. 그런데 모카가 장난감을 쳐다보지도 않고 토피에게 화를 내요. 방금 마지막 다섯째를 낳느라 지쳐 있는 모카에게 장난감이라니…! 토피가 타이밍을 잘못 잡은 것 같죠?

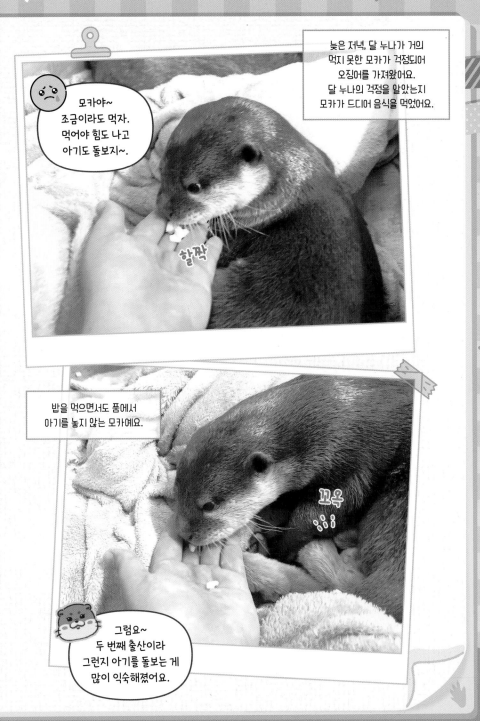

늦은 저녁, 달 누나가 거의
먹지 못한 모카가 걱정되어
오징어를 가져왔어요.
달 누나의 걱정을 알았는지
모카가 드디어 음식을 먹었어요.

모카야~
조금이라도 먹자.
먹어야 힘도 나고
아기도 돌보지~.

할짝

밥을 먹으면서도 품에서
아기를 놓지 않는 모카예요.

꼬옥

그럼요~
두 번째 출산이라
그런지 아기를 돌보는 게
많이 익숙해졌어요.

든든한 아빠 수달,
토피예요

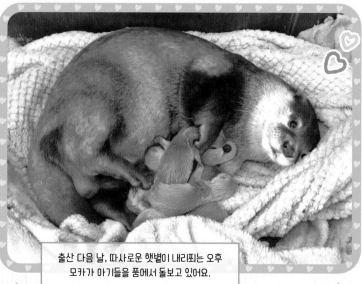

출산 다음 날, 따사로운 햇볕이 내리쬐는 오후
모카가 아기들을 품에서 돌보고 있어요.

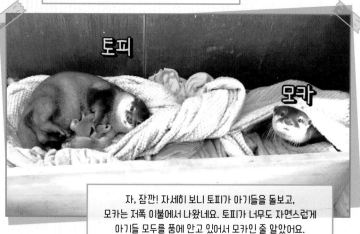

토피

모카

자, 잠깐! 자세히 보니 토피가 아기들을 돌보고,
모카는 저쪽 이불에서 나왔네요. 토피가 너무도 자연스럽게
아기들 모두를 품에 안고 있어서 모카인 줄 알았어요.

모카도 토피가 아이들을
돌봐 줘서 고마운가 봐요.
토피에게 인사하러 가네요.

쪽~

고마워요~!

할미~
우리 오랜만에
같이 있어서
너무 좋아요.

그럼~!
(ㅋㅋ 사실 그제도
이렇게 있었는데~.)

쭈압
쭈압

역시 음식은
음미하며 천천히
먹어야지~!

토피 덕분에 잠깐의 여유가 생긴 모카는
마치 오랜만인 듯, 달 누나의 무릎에서 애교도 부리고
맛있는 미꾸라지도 야무지게 먹어요.

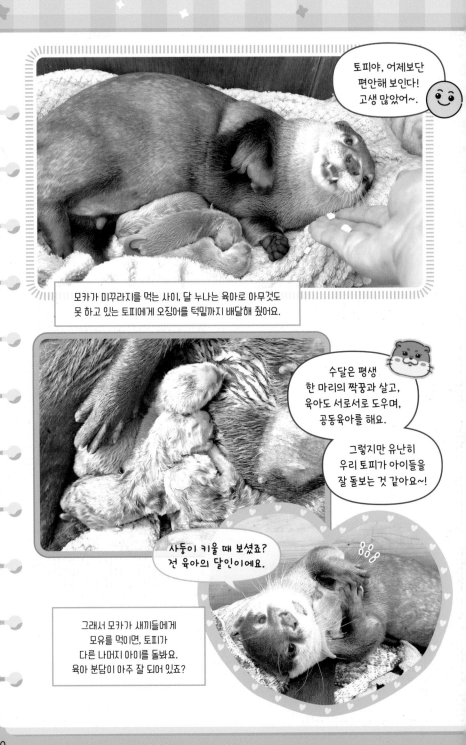

토피야, 어제보단
편안해 보인다!
고생 많았어~.

모카가 미꾸라지를 먹는 사이, 달 누나는 육아로 아무것도
못 하고 있는 토피에게 오징어를 턱밑까지 배달해 줬어요.

수달은 평생
한 마리의 짝꿍과 살고,
육아도 서로서로 도우며,
공동육아를 해요.

그렇지만 유난히
우리 토피가 아이들을
잘 돌보는 것 같아요~!

사등이 키울 때 보셨죠?
전 육아의 달인이에요.

그래서 모카가 새끼들에게
모유를 먹이면, 토피가
다른 나머지 아이를 돌봐요.
육아 분담이 아주 잘 되어 있죠?

어쨌든 오늘도 오동이를 같이 키우며
행복하게 잠드는 일곱 가족입니다. 좋은 꿈 꾸렴~.

우리 아기가
제일 예쁘죠!

모카가 아기 수달 한 마리를 꼭 안고 행복한 표정으로 잠을 자고 있어요.
잠을 자다가도 아기 수달이 떨어질 것 같으면 다시 자리를 고쳐서 안아요.
모카의 그 모습이 너무 귀엽지 않나요?
그런데 나머지 아이들은 어디에 있는 걸까요?

나머지
아이들은 젖을
먹고 있어요.

그래서 나머지
한 마리는 가슴에
안고 한숨 자고
있었어요~.

세상에서 가장 귀한 보물을 대하듯 소중하게 안고 있어요.
자다가 일어나 수 형과 마주친 모카가 마치
"내 새끼가 세상에서 제일 이쁘죠?" 하고 말하는 것 같아요.

우리 아기가
이쁜 건 사실인걸요!

모카가 아기 수달을 자랑하는 동안, 토피는 주변을 맴돌아요. 동물원이라 위험한 천적은 없지만 아직 야생 습성이 남아 있어 모카의 주변을 지키는 토피예요. 혹시라도 위험한 일이 생기면 단번에 달려가려고 말이지요. 토피가 기특한지 달 누나가 토피에게 인사해요.

토피가 항상 제 곁에 있어서 행복해요.

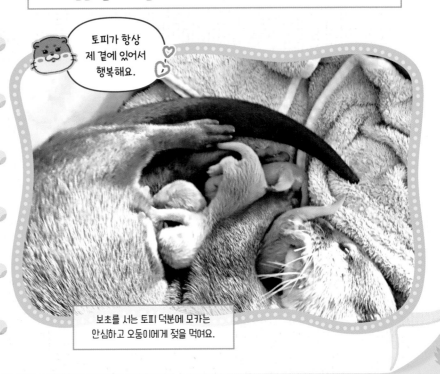

보초를 서는 토피 덕분에 모카는 안심하고 오둥이에게 젖을 먹여요.

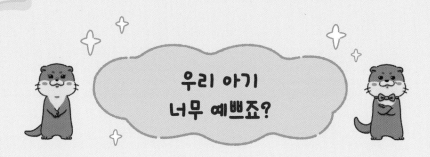

우리 아기
너무 예쁘죠?

모카는 오둥이를 모두에게 자랑하고 싶은가 봐요.
저도 자랑하고 싶지만 이제 팔이 떨어질 것 같아요.

잠시만 아기를
돌봐 주세요

우리 모카
기운이 없어
보이네~.

아기는 너~무
귀여운데 쪼끔
지치네요.

벌떡

잠시 아기 좀
돌봐 주세요.

삐삐~~♪

덩그러니

모카가 조금 힘들어 보이네요.
이윽고 젖을 먹던 아기가 울어요. 그러자
안고 있던 아기를 두고 우는 아기에게 가요.

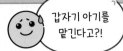

갑자기 아기를
맡긴다고?!

모카야~
아기가 울어.
엄마를 찾는데!

저희 엄마
어디 있어요?

잠시 후 아기 수달이 엄마를 찾아
작은 목소리로 울어 대는데 모카는 꿈쩍 안 하네요.
수 형과 달 누나를 믿고 안 움직이는 걸까요?

모카야!
아기 안 챙겨?
진짜 우리가
데리고 가?

수 형과 달 누나가 모카를 불러 보지만
역시 꿈쩍도 안 해요. 결국 달 누나가 손으로
톡톡 건드렸더니 그제야 모카가 "아차!" 하듯
아기 수달을 데리고 가서 보살펴요.

안 돼요~.
우리 금쪽이를 누가
데리고 가!

두 번째 육아는
호흡이 더 잘 맞아요

혼자 덩그러니 있던 아기를 챙겨서
바로 젖을 물리는 모카. 아기들이 젖을
골고루 먹을 수 있도록 신경을 써요.

우리 아가~
많이 먹어!

많이
먹었으니까
쾌변하자!

게다가 아기 수달은 스스로
배변 할 수 없기 때문에 꼭
똥구멍을 핥아 자극을 줘야 해요.
다섯 마리를 일일이 신경 써야 해서
여간 힘든 일이 아니에요.
아기 수달은 연약하기 때문에
한 마리도 빼놓을 수 없어요.

모카,
이번에는 이 아이
차례야.

저에겐 환상의
육아 파트너가 있어요.
바로 토피와 할미,
할비예요.

정말 그들이 없었다면
오둥이는 건강하게
못 컸을 거예요.

모카야, 토피야~
우리가 있으니
걱정 안 해도 돼~!

그럼요~!
할비, 할미만
믿어요~.

할미가
쓰다듬어 주니
힘이 나요!

토피는 모카 곁에서 젖을 먹어야 하는 아기를 데려다주고,
젖을 충분히 먹은 아기는 토피가 다시 안아서 배변 유도를 해 줘요.
정말 환상의 짝꿍이죠? 어쩜 이리 합이 잘 맞을까요?
그리고 오둥이가 잘 클 수 있도록 도운 숨은 조력자도 있어요.
우리 모두 말 안 해도 알지요?

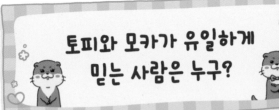

토피와 모카가 유일하게 믿는 사람은 누구?

오둥이가 태어난 지 5일째

토피야? 모카는 어디 가고 또 네가 아이들 안고 있어?

부쑥

짠! 둥지 옆 이불 밑에 숨어 있었어요.

할미~ 잠깐 수영 좀 하고 올게요~!

혼자 노니까 재미가 좀 떨어지는데!

그럼, 할미랑 같이 놀까?

이번에도 토피가 아기 수달을 소중하게 품으며 자고 있어요.
모카가 편히 쉴 수 있도록 배려하는 자상한 남편 토피예요.
모카는 달 누나의 목소리가 들리자, 둥지 옆 이불 더미에서 모습을 보여요.
아기 엄마지만 여전히 달 누나 앞에선 아기처럼 어리광을 부리네요.
육아로 고생하는 수달 부부를 위해 둥지 근처에 작은 수영장을 마련했어요.
모카가 혼자 수영을 즐겨요.

토피도 왔어요!

아기를 돌봐야 하는데 놀고도 싶다….

거센 물살 소리가 재밌게 들렸는지 아기를 돌보던 토피가 욕조로 왔어요. 하지만 아기도 걱정이 되는지 토피의 시선이 둥지를 향해 있어요.

그럴다면 방법은 하나!

우리 아기 좀 돌봐 주세요~.

소곤 소곤

또 부탁하기엔 눈치 보이는데….

(좋으면서 싫은 척) 또~? 아기는 너희가 봐야지….

알았어~ 아기 봐줄 테니까 놀다 와.

걱정하지 말고
큰 수영장에서
재밌게 놀아~.

모카와 토피는 달 누나의 말처럼
큰 수영장에서 맘껏 수영하며 놀아요.
역시 수달은 물속에 있을 때가
가장 행복한가 봐요.

하하하~ 이때 아니면
언제 새끼들을 맘껏 보고
만질 수 있겠어~!

이제 보니 달 누나도 내심 수달 부부가 아기를 맡기길 기다린 것 같아요.
엄마, 아빠가 없는 줄도 모르고 오둥이는 잠도 잘 자요.

발이 젤리처럼
포동포동 너무
귀여워~.

쭈욱~~~

달 누나가 아기 수달의 귀여움을 두 눈에 듬뿍 담고 있는 중에도 엄마 모카는
아기들이 잘 있는지 수시로 확인하러 오네요. 달 누나와 수 형을 믿고 의지하지만
자식을 생각하는 부모의 마음은 직접 눈으로 확인해야 안심이 되나 봐요.

물놀이하고 먹는 미꾸라지가 더 맛있어요~.

역시 물놀이를 하고 나면 식욕이 돋는 것 같아요. 모카가 달 누나 옆에서 그 어느 때보다 더 맛있게 미꾸라지를 먹는 것 같아요.

모카야, 아기 낳고 입맛이 없어서 걱정했는데 다행이다.

재밌게 놀고 배도 부른지 모카가 아기들을 챙기기 시작해요. 그런데 아기들이 잠에 취해 있어서 밥 먹을 생각을 안 해요.

보다 못한 달 누나가 새끼들이 젖을 먹을 수 있게 위치를 잡아 줘요.

이제야 아기들이 젖을 빨기 시작해요. 아프지 않고 무럭무럭
건강하게 자라려면 밥을 거르지 말고 꼭 먹어야 해요.

여보, 잠깐만 기다려~.
내가 먼저 먹고 힘내서
아기들 돌볼게.

아기들에게 젖을 물리는 모카를 위해 수 형이 특별식을 준비했어요.
그런데 전복을 좋아하는 모카는 음식을 거들떠보지도 않고, 오히려 음식에는
관심 없던 토피가 전복을 열심히 먹어요. 그간 육아가 힘들었나 봐요.

자세가 영
불편하네요.

너 아빠랑
있자~

아기들이 충분히 젖을 먹고 나니
그제야 모카가 전복을 향해 몸을
일으켜요. 하지만 아기들 때문인지
여전히 밥 먹기가 불편한가 봐요.

여보, 편하게
밥 먹어요.

모카가 밥을 좀 더 편히 먹을 수 있게
토피가 아기를 데려가요.
수 형도 모카가 편히 먹을 수 있게
전복을 턱밑까지 배달해요.
수 형의 정성이 담긴 전복을
맛있게 먹는 모카를 보니, 어느새
수 형의 입가에도 미소가 지어져요.

전 삶은 전복이
더 좋아요.

행복도 5배!
어려움도 5배!

오둥이 기념 촬영에 왔어요. 오둥이가 모여 있으니 귀여움도 행복도 5배가 돼요.

찰칵!

어떻게? 안 그쳐…….

겨우 재웠는데…….

하지만 한 녀석이 울기 시작하면 모두 울기 때문에 어려움도 5배가 돼요.

눈을 떴어요

태어난 지 24일 차

눈을 뜬 자

잠에 취해 자는 건지,
눈을 뜬 건지 알 수 없는 자

(수)달생 24일 차, 벌써 큰 변화가 생겼어요. 눈을 뜬 아기 수달이 있어요.
수달은 평균 28일에서 47일 사이에 눈을 떠요. 그러니
지금 눈을 뜬 아기 수달은 발달이 빠른 아기 수달이에요.

before

after

포근하니
졸려서 눈을
못 뜨겠어~.

전체적으로 분홍색이었던 발바닥은 포도색으로
변했어요. 아기 수달들의 성격도 다른 만큼
발바닥 색의 진하기도 각자 달라요.

before

털색도 개인마다
미묘하게 다르지만
예전보다 진해졌어요.

after

여기가 어디지?
익숙하긴 한데….

두리번

두리번

눈을 뜬 자

당장
우리 엄마에게
데려다 줘!

눈을 뜬 아이는 냄새로만 익숙했던
공간이 신기한지 두리번거리며 살펴봐요.
그리고 위협하는 듯한 소리를 내지만
그 소리가 하찮게 들려서 너무 귀여워요.

제법 수달다워졌어요!

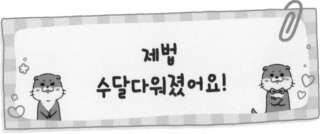

이제는 서로 약속이나 한 듯,
할미가 오면 모카와 토피는
수영하러 나가요. 달 누나도
이때 아기들 건강을 체크하고
아기 수달들의 귀여움을
두 눈에 담뿍 담고 와요.

할미가 왔다!

그럼 우리 놀러 갈까?

토피와 모카는 수영장에서
미꾸라지 사냥을 하며
육아 스트레스도 풀고,
몸보신을 해요. 그래서, 할미가
오는 게 항상 기다려져요.

얘들아~ 어딨어?

1차로 같이 있던 아기 수달 세 마리를 수유실로 데려왔어요. 아기 수달의 몸무게를 재기 위해 한 마리를 꺼냈더니 같이 있던 두 마리는 형제가 사라지자 엄청나게 울어대기 시작해요.

빨리 데려와!

우리는 여기 있어!

그만 울어요. 곧 올 거야. 많이 우는 아가부터 데려간다~!

괜히 많이 울었다.

부끄러우니 그만 쳐다 보세요!

차례대로 모두 몸무게를 쟀어요. 지난번보다 일주일 정도 지났을 뿐인데, 오둥이 모두 눈도 뜨고, 몸무게도 많이 늘어났어요. 털색도 더 진해지고 예전 갓난아기의 모습은 없어진 것 같아요.

발바닥은 윤기가 돌고 통통한 게 젤리처럼 보여요.
발톱도 아기 때보다 짧아졌지만 더 튼실해졌고요,
꼬리 역시 수달의 꼬리답게 굵어졌어요.
이제는 제법 수달의 모습을 갖췄어요.

나도 이제
이빨 있다고!
카앙!

이제 이빨이 얼마나 났는지 살펴볼까요?
자세히 보면 위에 세 개, 아래 두 개로
이가 살짝 올라온 게 보여요.

왜 자도 자도 졸리지?

나도 그래.

다시 모였으니 자자~!

아기 수달 세 마리가 다시 모이니
안전하게 느껴졌는지 울음을 그치고 잠이 들었어요.

귀여운 아가들이군!

2차로 나머지 아기 수달도 데려왔어요.
치즈 매니저도 아기 수달들이 귀여운지
조심스럽게 아기 수달 옆에 자리를 잡아요.
치즈 매니저가 엄마처럼 두 아기 수달을
따뜻하고 포근하게 품어 줬어요.

치즈 매니저님도
우리 아기들의
숨은 돌봄 도우미셨군요.
감사해요~!

오둥이에게
이름이 생겼어요!

오둥이가 예쁘게 차려입었었어요. 바로 오둥이의 이름을
공개하는 날이거든요. 예전에는 몸무게로 구별했지만,
이제는 각자 개성이 생기기 시작해서 이름을 지어 줬어요.

맞아요. 똑같이
생긴 것 같지만 성격도
외모도 조금씩 달라요.

그럼 본격적으로
우리 아이들을
소개해 볼게요!

일어나!

졸~~~~~~려~!

하늘색 케이프,
검정 체크 리본을
했어요.

저
귀엽쮸~.

캐 모

☆두 번째로 눈을 뜬 자.
☆크기: 두 번째로 크게 태어남.
☆외모: 계란형 얼굴, 동그란 눈과 밝은색 털.
☆특징: 성장이 제일 빨라서인지 활발한 움직임을 보임.

이건 비밀인데요.
할미는 오둥이 중에
캐모가 제일 미남인
것 같대요.

마일로

☆네 번째로 눈을 뜬 자.

☆크기: 몸무게가 두 번째로 많이 나감.

☆외모: 털색이 가장 어둡고, 크면서 눈이 점점 날카로워짐.

☆특징: 조용함.

빨강색 케이프를 했어요.

누규?

형제들과 있을 때 비교적 조용하다는 거지, 조용한 애가 아니에요. 오해하지 마세요~

화면발 좀 받나요?

마일로& 캐모

피곤하다.

여기 뭔가 바뀐 것 같은데?

집에 가자!

마일로와 캐모를 붙여 보니 확실히 성격이 다른 거 같아요. 캐모는 뭐가 신기한지 고개를 들고 여기저기 보느라 분주하지만 마일로는 그저 땅만 쳐다보네요. 모카에게 빨리 돌아가고 싶은 걸까요?

이름에 걸맞는 장미 문양이 있는 케이프를 했어요.

로즈

✿유일한 여자아이.
✿크기: 몸무게 형제들 중 평균.
✿외모: 진한 털색.
✿특징: 급함. (과격한 행동파)

평소에는 이렇게 예쁘고 순한 모습이랍니다!

장미에 가시가 있듯 저도 가시가 있으니 조심하세요!

저 사진을 보니, 어릴 때도 성깔이 있어 보이는 것 같아요. 그래도 가장 애교가 많은 사랑스러운 아이예요.

루이

✿첫 번째로 눈을 뜬 자.
✿크기: 형제 중 몸무게가 가장 적게 나가지만 성장은 빠른 편.
✿외모: 원형에 가까운 얼굴형, 작고 동그란 눈과 코.
코 아래가 분홍색으로 유독 범위가 넓고, 털색은 밝은 편.
✿특징: 차분하고 점잖은 편.

분홍색 케이프를 했어요.

이제 나 좀 내려 주세요. 현기증이 날 것 같아요.

유난히 코가 분홍색인 부분이 넓다 보니까, 글쎄 할미가 우리 애한테 돼지 코를 닮았다고 했지, 뭐예요? 조금 섭섭했어요.

땅으로 내려오니 편하네요.

106

초록색 케이프를 했어요.

보 스

✿ 세 번째로 눈을 뜬 자.

✿ 크기: 태어났을 때부터 가장 크게 태어나 지금도 몸무게는 형제 중 가장 많이 나감.

✿ 외모: 살짝 납작한 타원형 얼굴에 작고 동그란 눈을 가짐. 거의 모든 게 큰 편.

✿ 특징: 잠도 식탐도 많음.

우리 보스는 참 우량 수달이었죠. 밥도 잘 먹고 잘 자고 너무 예뻤어요. 하지만 무거워서 나를 때 조금 힘들었어요~!

반가워요. 제가 좀 졸려서 한숨 자고 얘기 나눠요~.

넌 이름 마음에 들어?

루이 & 로즈 & 보스

난 잘 거니까 말 걸지 마.

응! 아주 귀족적인 이름이지.

특히 루이, 로즈, 보스는 잠이 많아서 셋이 만나자 까무룩 잠이 드네요. 이름처럼 앞으로 예쁘고 재밌는 일만 펼쳐지길 바랄게요.

나 참, 우리도 자자!

107

모카야~ 아이들 이름 지었는데 들어 볼래?

뭔데요?

아기들 이름도 짓고 사진도 찍느라 어느새 시간이 많이 흘렀어요. 토피는 언제나 그렇듯 아이들을 살피고 있어요. 그런데 모카 표정이 별로 좋아 보이지 않네요.

우리 이름도 불러 주세요.

캐모, 마일로, 로즈, 보스, 루이~ 아기들 이름은 마음에 들어?

나의 귀여운 모카!

사실 할미가 오둥이를 더 예뻐하는 것 같아서 조금 질투가 났는데 할미가 사랑을 담아 제 이름을 불러 주자 기분이 풀렸어요.

다정한 토피지!

이름이 있다는 건 좋은 것 같아요. 우리 더 자주 서로의 이름을 불러요~!

108

돌발 퀴즈

아기 수달들의 이름을 5초 안에
사진에 있는 순서대로 말해 보세요.

힌트!

차(tea) 이름에서
따왔어요~!

정답
얼그레이, 다즐링, 루즈, 녹차, 보이차.

걸음마를
시작했어요

> 토피야,
> 할미 왔다.
> 우리 나가자.

> 두고 가도
> 괜찮을까?

> 얌전히
> 있을 게요.
> 걱정 마세요.

이제는 우리가 좁아 보일 정도로 오둥이가 많이 컸어요.
이제는 걷기 시작하면서 활동량도 늘어나
토피와 모카도 아이들을 돌보는 게 더 힘들어졌어요.

> 맛난 거 먹고
> 수영을 하다 보면
> 스트레스도 풀려요~!

> 우리 여보는
> 신나게 수영하고
> 있겠지.

결국 토피는 남아서
아이들을 돌보고 모카 혼자
수영하러 갔어요.

엄마랑 아빠가
안 보여요.

마일로,
아빠 여기 있어요.
혼자 돌아다니면
안 돼요.

네~.

토피가 잠시 자리를 비운 사이, 마일로가 깨어났어요.
마일로가 엄마, 아빠를 찾아 나서자 재빨리 토피가 와서
마일로를 형제들이 있는 곳으로 데려다 놔요.

엄마, 아빠
어딨어요?

재잘
재잘

......

미끄럼틀
탈까?

아기들이 모두 잠에서 깼어요.
아기들 모두 아빠에게
자석처럼 붙어 버리네요.
토피야, 너 괜찮니?

여보~
어서 돌아와요.

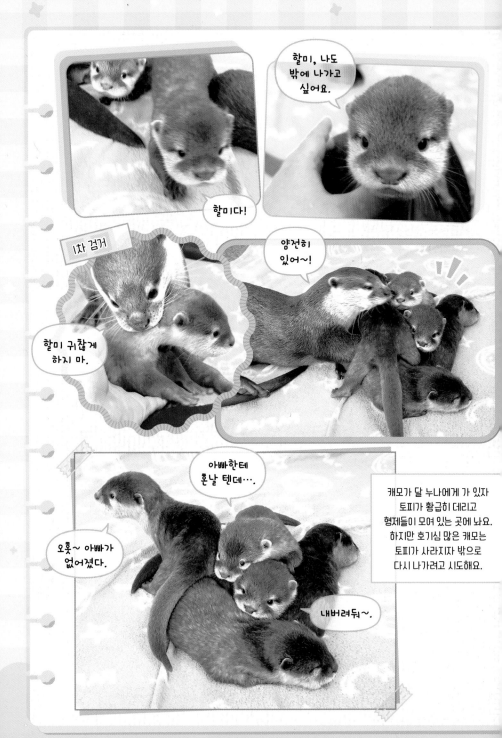

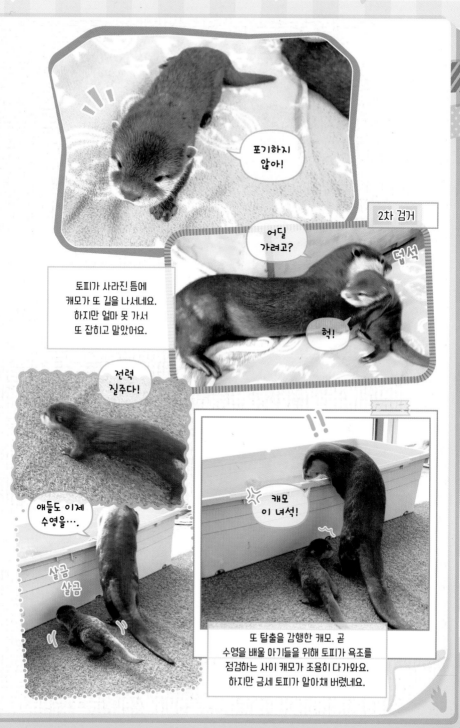

포기하지
않아!

2차 검거

어딜
가려고?

덥석

헉!

토피가 사라진 틈에
캐모가 또 길을 나서네요.
하지만 얼마 못 가서
또 잡히고 말았어요.

전력
질주다!

애들도 이제
수영을….

살금
살금

!!

캐모
이 녀석!

또 탈출을 감행한 캐모. 곧
수영을 배울 아기들을 위해 토피가 욕조를
점검하는 사이 캐모가 조용히 다가와요.
하지만 금세 토피가 알아채 버렸네요.

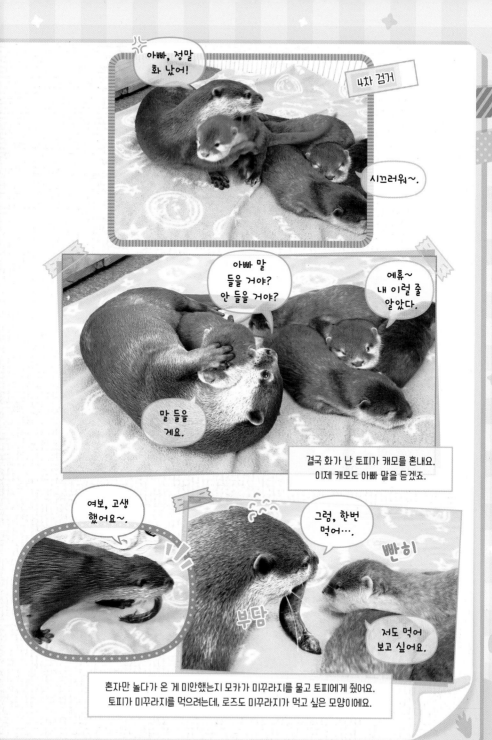

115

우리 아기
많이 먹어~!

아직 미꾸라지를 먹을 수 없는
로즈지만 토피가 바로 양보하네요.
토피는 아기들이 원하는 건
다 주고 싶은가 봐요. 단 한 가지
혼자 돌아다니는 것 빼고요.

쿵쿵

얘들아~
그만 뛰어.

나 잡아
봐라~.

딱 기다려~.

엄마 모카가 오자, 오둥이가 더
활발하게 움직여요. 엄마 아빠가
옆에 있으니 세상에 무서울 것 없이
든든한가 봐요. 모카는 충분히 쉬다
온 것 같은데 벌써 지친 듯한 표정이에요.

내가 볼 테니
더 쉬어요.

아이들과 있으니
정신이 없어요.

아이들의 에너지는
도무지 따라갈 수가 없어요.
그래도 이때가 가끔 그립기도 해요.
토피의 사랑이 더욱
느껴지던 때였어요~.

걸음마 시작
=고생 시작

꼬리에 힘을 팍
주는 거야!

으랏차차!

가만히 누워 있을 때가
편한 것 같아!

맞아.

아빠~
저 잡아 보세요~

힘이 들어요!

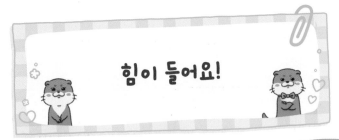

엄마~
저희랑
놀아요~!

넌 좀 가만히
있고.

애들아~
한번에 말하면 엄마가
알아들을 수가 없어~.

재잘

재잘

아기 수달들은 아빠도 좋지만 엄마 모카와 노는 것도 좋아해요.
모카가 있을 땐 엄마 껌딱지가 되어, 매일 엄마한테 매달려 있어요.

아기들이 커가면서 모카도
육아가 힘든지 육아 스트레스를
풀기 위해 자주 수영을 하고
오지만 힘든가 봐요. 유독
이날은 눈이 슬퍼 보이네요.

모카야, 괜찮아~.
할미는 네가
필요하다면 언제든
도와줄 거야!

누가 우리 아이 좀
돌봐 주세요. 할미에게
매번 부탁하는 것도
미안하고….

달 누나가 한쪽에서 오둥이를 돌보고 다른 한쪽에는 모카가 편히 쉴 수 있도록 자리를
내줬어요. 귀요미 옆에 또 귀요미를 보며 달 누나는 행복한 한때를 보내고 있어요.

이가
근질근질해요.

할미, 죄송해요.
제가 물어서
아팠죠?

이가 근질근질한지 달 누나의 손을 깨물어요. 아직 이가
살짝 올라와서 다치진 않았지만 제법 아파요.

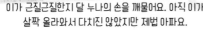

할미랑 재미있게 놀다가도
졸리면 아빠 토피 곁에서 자는
오둥이에요. 역시 잘 때가
제일 귀여운 것 같아요.

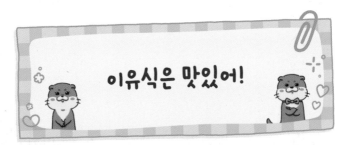

이유식은 맛있어!

태어난 지 50일 차

크아아앙!

이 구역 파괴의 왕은 저랍니다.

아~ 이가 너무 간지러워!

캐모처럼 뭐든 물어 뜯어 봐~

//
딱딱

이가 나면서 잇몸이 간질간질한지 무엇이든 물고 뜯는 오둥이예요.
그중에서도 캐모가 가장 많이 물고 뜯어서 파괴의 왕 후보에 오를 것 같아요.

✔	처음 딱딱한 음식 시도	49~58일
☐	성인 식사 섭취	60일
☐	물에서 놀기	61일

우리 아기들 이유식 잘 부탁해요!

그리고 연어 좀 더 주세요.

성장 과정에 맞춰 수 형이 오둥이를
위한 연어 이유식을 준비해요.
연어 냄새가 솔솔 나자 모카가
수 형을 향해 아련한 눈빛을 보내요.
결국 귀여운 모카의 눈빛에
연어 한 점을 주고 말았어요.

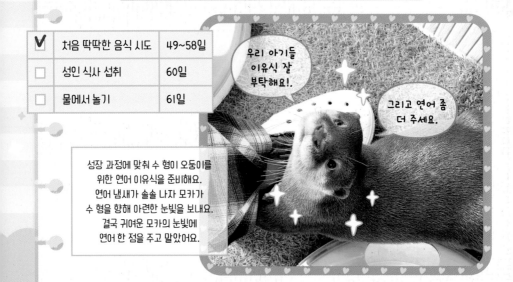

니가 먼저 먹어 봐.

난 나중에.

나도 나중에.

사동이 때의 경험을 바탕으로 수 형은 연어를 작게 잘라 준비했어요. 하지만 처음 보는 연어의 모습에 사동이 때처럼 오둥이도 머뭇거리네요.

잘 봐~. 연어를 한 움큼 집어서 입에 넣으면 된단다.

이것도 연어인가?

연어를 안 먹어 본 수달은 있어도 한 번만 먹은 수달은 없단다.

그러자 모카가 와서 오둥이에게 연어 먹는 방법을 알려 줘요.

이런 느낌 낯설어요.

히잉oooo

번쩍

이 맛은!!

모카의 시범에도 오둥이는 연어를 먹는 게 쉽지 않나 봐요. 그래서 달 누나가 직접 로즈의 입에 연어를 넣어 줬어요. 그러자 처음 먹는 연어의 맛에 로즈의 눈이 엄청나게 커져 버렸어요. 이 방법을 통해 다른 녀석들도 연어의 맛을 깨달았다고 해요.

3일 후

전 냄새부터~!

자~ 엄마랑 똑같이 행동해 볼까?

네~!

향과 맛 모두 좋은데!

3일 후, 연어보다 딱딱한 오징어를 준비해 봤어요. 연어를 먹은 후 오동이는 음식에 대한 관심이 커졌어요. 루이는 그릇에 발까지 담그고 열심히 먹어요.

루이

보스

모카와 토피도 오징어를 먹느라 정신이 없어요. 보스는 그릇에 빠져 루이와 경쟁하듯 먹고 있네요. 이번 이유식도 대성공인 것 같아요.

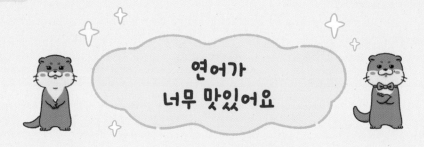

연어가
너무 맛있어요

토피의 생일을
축하해요

> 할미, 할비가 준비한
> 프리미엄 건복

> 여보~ 생일
> 축하해요.

> 할비, 할미
> 고마워요~.

> 덕분에
> 맛있는 거
> 먹네요.

> 자기, 생전복도
> 골고루 먹어요.

> 팔이 안 닿는군...
> 그럴때면

2021년 8월 18일에 태어난 토피가 이곳에서 처음 생일을 맞이했어요.
여기서 모카를 만나 사동이에 이어 오둥이의 아빠가 되었다니 시간이 정말
빠르죠? 토피의 생일을 위해 전복을 준비했어요. 토피가 맛있게 먹어 줄까
잔뜩 기대하며 갔는데, 세상에 모카와 오둥이가 제일 신나 보여요.

Welcome, otter's Home!

Postcard

place
stamp
here

To

서울문화사

밥 먹다 말고
어디 가요?

쳇ㅡ

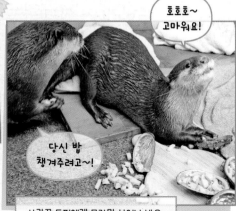

호호호~
고마워요!

당신 밥
챙겨주려고~!

토피야, 모카랑
애기들 그만 챙기고
어서 먹어~.

사랑꾼 토피에겐 모카만 보이나 봐요.
모카가 삶은 전복만 먹자
생전복도 옆에서 챙겨 줘요.

감사해요.
그런데 요것도
애기한테 줘도
될까요?

아빠 토피가 준 통전복을
보스가 야무지게 뜯고 있어요.

토피야,
오늘은 네 생일이니까
많이 먹어~.

생일 주인공 토피가 가족만 챙기느라 먹질 않자,
보다 못한 달 누나가 전복을 토피의 턱밑까지 배달해 줬어요.

너무
맛있어요~.

그제야 토피도 못 이긴 척 전복을 집어 먹어요. 달 누나와 수 형이 자신을
사랑하는 마음을 느꼈던 것일까요? 토피가 행복한 표정을 짓고 있어요.

배가 부르자 토피와
모카가 잠이 들었어요.

물론 이들 사이에 있는 꼬물이들도 잠이 들었어요.
사랑하는 이들과 맛있는 음식을 나누고 서로의 체온을 함께
나누는 수달들을 보니 이런 게 행복이라는 생각이 들어요.
여러분에게 행복은 어떤 건가요?

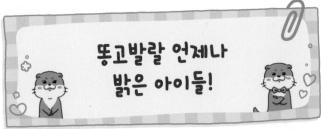

똥고발랄 언제나 밝은 아이들!

이제 내가 올라갈래~. 내려와!

날아랑~!

잠깐 얘기 좀 하지~!

아기 수달들이 커갈수록 오동이끼리 노는 시간도 많아지고 행동도 과격해졌어요. 장난감 정상에 서기 위해 경쟁을 펼치고 있어요.

이제야 내가 차지한다!

이제는 아기라는 말보다는 어린이라는 말이 더 맞는 것 같아요.

누가 제일 힘이 강한지 겨뤄 보자고~.

어찌나 장난을 치는지 사고가 날까 봐 아기 때보다 더 눈을 뗄 수가 없어요!

보스는 일피감치 형제들에게서 빠져나와 아빠 토피를 독차지하며 놀고 있어요. 그런데 토피가 과격하게 놀아 주자, 모카가 화를 냈어요. 그러자 서운한 토피가 구석으로 가더니 새끼들을 밀어내요. 혼자 있고 싶은가 봐요. 이윽고 모카가 다시 토피를 찾아왔어요. 아무래도 미안하다고 사과하는 것 같죠?

할미~ 현제들이
밥 다 먹을 동안
눈싸움 할까요?

물론 엄마 젖을 먹을 때도 함께해요. 엄마 젖을 다 먹은 아기 수달이
아직 먹지 못한 아기 수달에게 자리를 내줘요. 루이가 빨리
젖을 먹고, 달 누나를 사랑스럽게 쳐다보고 있어요.

우리 내일은
뭐 하고 놀까?

성격이 너무 달라서
싸우면 어떡하나 했는데,
서로를 챙기며 잘
지냈던 것 같아요.

커서도 변함없이
서로 아껴주면
좋겠어요.

그렇게 캐모, 마일로, 로즈, 루이, 보스 오동이들은
서로 부대끼며 조금씩 성장하고 있어요.

오둥이
첫 수영 도전!

이 정도면 깊이면 애들도 수영하기에 괜찮겠는걸!

내가 다 미리 확인해 봤다고요!

수달의 삶에서 가장 중요한 시간! 이제 모카와 토피가 새끼들에게 수영을 가르치려고 준비해요.

마침 새끼들이 엄마 아빠가 궁금했는지 욕조로 다가오네요.

뭐 하세요?

애들이 관심 갖는 김에 오늘 시작하자!

난 여보 말에 따를게요.

느낌이 안 좋아...

수달은 생후 두 달부터 수영을 배워요.

물이 얕은 곳에서 시작해서 물이 깊은 곳까지 서서히 적응할 수 있도록 가르쳐요.

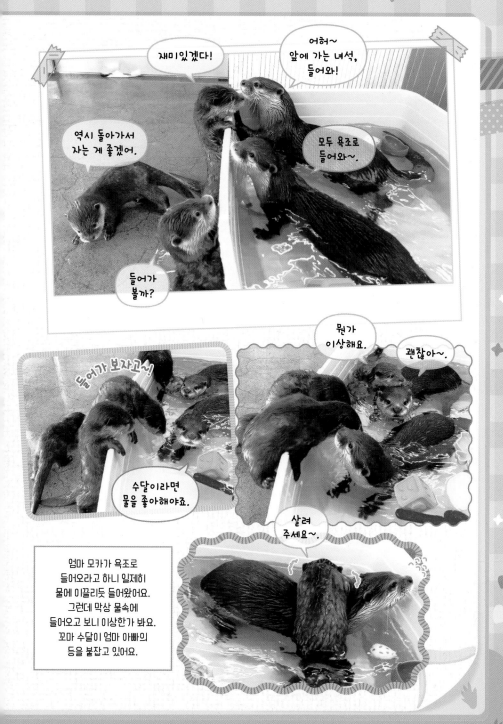

이 녀석들이 수달 체면 다 깎네.

아직 수영은 이른 것 같아요.

모두 살려면 나가~!

거봐, 느낌이 안 좋다 했잖아.

꼬마 수달들이 헤엄을 잘 치는 듯하더니, 결국 모두 밖으로 우르르 뛰쳐나가려 해요.

어딜 도망가!

수달은 수영이 기본이야!

그러자 모카가 밖에 나가려 하는 새끼들을 다시 욕조로 데려와요. 아이들에게 엄격하게 수영을 가르치는 것 같아요.

모카의 노력에 꼬마 수달들도 물에 익숙해졌는지 한결 편안한 모습이에요.
욕조는 오둥이들로 꽉 차 보여요. 앞으로 넓은 수영장에서
수영하는 오둥이의 모습을 기대해 봐도 좋을 것 같아요.

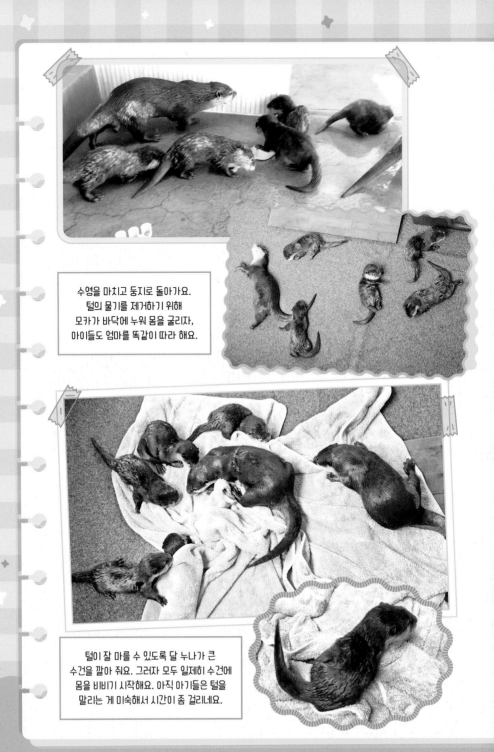

수영을 마치고 둥지로 돌아가요.
털의 물기를 제거하기 위해
모카가 바닥에 누워 몸을 굴리자,
아이들도 엄마를 똑같이 따라 해요.

털이 잘 마를 수 있도록 달 누나가 큰
수건을 깔아 줘요. 그러자 모두 일제히 수건에
몸을 비비기 시작해요. 아직 아기들은 털을
말리는 게 미숙해서 시간이 좀 걸리네요.

물에 젖어 갈라진
털이 꼭 표고 버섯
같지 않나요?

금새 마른 털

수달의 털은 이중 구조로, 겉 털은 물에 잘 젖지 않아
빽빽한 속 털이 젖지 않도록 해서 체온을 유지해요.
그래서 수영 후, 겉 털에 묻은 물기를 털어
내기 위해 몸을 비비는 행동을 해요.

꼬마 수달들은
어느새 물기를 날리고,
보송한 몸으로 둥지에 모여서
자는 것 같아요. 수영으로
피곤할 만도 하죠.

이렇게 보니
우리 오둥이들
다 컸죠?

물론 우리 애들은
할미와 할비의 보살핌에
잘 크겠지만 앞으로도 건강하게
무럭무럭 자라면 좋겠어요~.

우리 오둥이들
사랑해~!

Chapter 3

수 형과 달 누나의 이야기

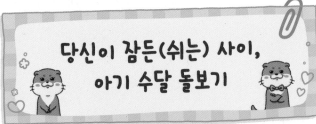

당신이 잠든(쉬는) 사이,
아기 수달 돌보기

자, 이번엔 네가
모유를 먹자!

모카가 굶는 아기가 없도록
신경 써서 모유를 먹이지만
수달의 젖꼭지는 네 개,
아기는 다섯 마리이기 때문에
모유를 못 먹는 아기가 생겨요.
그래서 새끼들의 건강 상태를
더 잘 확인해야 해요.

모카야, 아기들
상태만 확인하고
돌려줄게~!

미꾸라지만큼
좋은 영양식이
없다니까요!

다행히 모카와 토피가 저희를 믿고 새끼를 데려가는 걸 허락해 줬지만, 되도록이면
모카와 토피가 잠이 들었거나 수영하러 갈 때 틈틈이 새끼들의 건강을 확인해요.

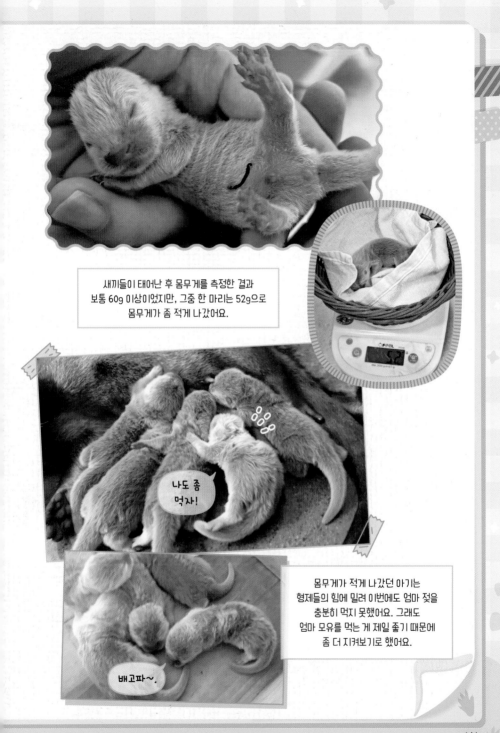

새끼들이 태어난 후 몸무게를 측정한 결과
보통 60g 이상이었지만, 그중 한 마리는 52g으로
몸무게가 좀 적게 나갔어요.

나도 좀
먹자!

몸무게가 적게 나갔던 아기는
형제들의 힘에 밀려 이번에도 엄마 젖을
충분히 먹지 못했어요. 그래도
엄마 모유를 먹는 게 제일 좋기 때문에
좀 더 지켜보기로 했어요.

배고파~.

몸집이 작은 아기는 101g, 큰 아기는 218g으로 몸무게가
너무 많이 차이가 났어요. 결국 인공 수유에 들어갔어요.

제일 작은 거 보니
우리 루이 같아요.
할미, 할비가 아니었다면
건강한 루이를 볼 수 없었겠죠?
정말 고마워요!

수달은 육식성이라 아기 수달이 먹는 분유는
고양이 초유 분유를 먹여야 해요. 따뜻한 물에 분유를 타고
힘없는 아기 수달에게 분유를 먹였어요. 처음에는
모유가 아니어서 그런지 고개를 빼며 젖병을 물지 않았어요.

응, 으응...

싫어요.
엄마 젖이
아니잖아요.

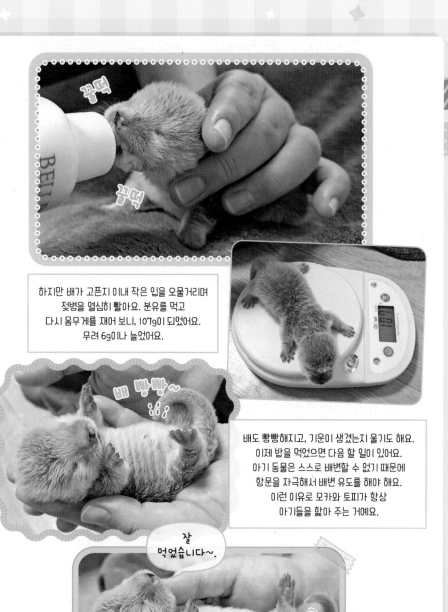

꿀떡

꿀떡

하지만 배가 고픈지 이내 작은 입을 오물거리며
젖병을 열심히 빨아요. 분유를 먹고
다시 몸무게를 재어 보니, 107g이 되었어요.
무려 6g이나 늘었어요.

배 빵빵~

배도 빵빵해지고, 기운이 생겼는지 울기도 해요.
이제 밥을 먹었으면 다음 할 일이 있어요.
아기 동물은 스스로 배변할 수 없기 때문에
항문을 자극해서 배변 유도를 해야 해요.
이런 이유로 모카와 토피가 항상
아기들을 핥아 주는 거예요.

잘
먹었습니다~.

이제 능숙하게
잘 먹죠?

갑이 밤새우는
수형

아기 수달은
여기에 자고
있어요.

이렇게 3시간마다 분유를 주고
배변 유도를 해야 해요. 공동 육아를
진행하면서 수 형과 함께 잠 못 이루는
나날들을 보냈어요. 하지만 하루가 다르게
건강해지는 모습을 보면 힘든 것도 잊게 돼요.

덥석

이제 아기를 모카와 토피에게
보내 주려고 데려왔어요.
토피는 황급히 새끼를 물고
가 버렸지만 모카는 절 보면서
인사를 전하는 느낌이 들었어요.

할미, 고생
많았어요.

건강해져서
다시는 떨어지지
말자~.

토피는 혼자 떨어져 지냈던 아기를
다른 형제들 곁에 소중히 둬요.

우리 아기~
엄마가
핥아 줄게.

하루 동안이었지만 그래도 자식이 없어지자 모카와 토피가 걱정을
많이 했나 봐요. 모카가 둥지로 돌아온 아기를 집중적으로 보살펴 주네요.
토피 말처럼 다시는 헤어지지 않도록 우리 아가들 건강해지자~!

아기 수달을 돌보는
작은 즐거움?

하루에 4~5번 몸무게를 재고 아이들의 건강 상태를 확인해요. 가장 큰 아이와
작은 아이 간의 크기 차이가 있지만 작은 아이도 꾸준히 잘 성장하고 있어요.
그럼, 본격적으로 몸무게를 재어 보면서 작은 패션쇼를 열어 볼게요.

수달 모자 패션쇼

수리수리
마수리~
난 마법사다!

당장
내려놔요!

아기 수달에게 어울릴 것 같아 모자를 사 왔거든요.
누가 제일 잘 어울리는지 볼까요? 물론 아직은 어려서 포즈를
취할 수 없지만 몸이 동그랗게 말린 모습이 너무나 귀엽죠!

난 268g으로
몸무게 순위
3위지.

당장 내려놔 드리겠습니다~.
이제 제법 두 손에 찰 정도로 컸어요.
꼬리에도 힘이 생겨서 꼬리를 접었다가
폈다가 잘 움직여요. 이 와중에도 잘 자는
아기 수달의 모습이 너무 귀여워요.
이렇게 아기들을 독점해서 볼 수 있는 점이
공동 육아의 소소한 즐거움이랍니다.

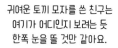

여기가
어디예요?

기를 모아
내가 직접
알아봐야지.

난 300g으로
1위, 우량
수달이다.

귀여운 토끼 모자를 쓴 친구는
여기가 어디인지 보려는 듯
한쪽 눈을 뜰 것만 같아요.

모두들
반가워요~.

난 274g으로
2위를 차지하고
있어요.

나의 매끈하고
통통한 발바닥을
보여 줄게요.

하얀 곰돌이 모자를 쓴 아기는 몸을 잡아 주니
인사를 하려는 듯 한쪽 손을 번쩍 들어요.
하지만 이내 곧 발바닥 자랑을 하며 잠이 들었어요.

몸무게가 제일 적어서 함께 시간을 많이 보낸 아기 수달이에요.
모자가 매우 클까 봐 걱정했는데 잘 맞아서 다행이에요.

뭔가 내 앞에
큰 그림자가
느껴진다.

이번 쇼의 베스트 모델을
고르기가 참으로 어렵네요.
어쩜 하나같이 귀엽고 예쁠까요?

역시 한데
뭉쳐서 자니까
따뜻하다.

몸무게도 꾸준히 늘고, 하루가 다르게 성장하는 꼬물이들을 보니
괜스레 울컥해 지네요. 언제나 행복하고 좋은 꿈 꾸렴,
우리가 항상 곁에서 지켜줄게~♡.

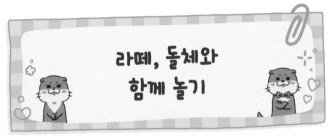

라떼, 돌체와 함께 놀기

역시 균형감 하면 저 라떼죠.

가만히 둬요!

내가 끌어 줄게요.

내가 하지 말랬죠!

여, 여보 미안해요.

오늘도 오징어가 맛있게 삶아졌어요.

라떼와 돌체는 여느 때처럼 둘이 함께 수영도 하고, 때로는 티격태격 다투기도 해요. 하지만 맛있는 간식을 나눠 먹으며 언제 싸웠냐는 듯이 알콩달콩 붙어 다닙니다. 그래도 둘만 놀면 재미없겠죠. 그래서 저와 수 형이 같이 놀아 줘요.

너
누구냐?

나?
모르겠어?

수 형도 더운 여름을 즐기기 위해 다이버 룩으로 입고 돌체와 라떼의 보금자리에 왔어요. 수 형의 옷차림에서 물놀이를 야무지게 즐기겠다는 의지가 보이네요.

이상하다.
분명 어디서 본
얼굴인데?

킁킁, 이 냄새는
바로!

쪽! 우리
수 형이잖아!

그런데 돌체와 라떼가 수경 때문에 수 형을 못 알아보는 것 같아요.
한참을 요리조리 보고, 냄새를 맡고선 수 형이라는 걸 안 것 같아요.

자, 그럼 본격적으로
수영을 시작해 볼까요?

재밌어
보인다! 나도
타도 되요?

먼저 수 형이 구멍 튜브에
올라타요. 라떼가 재미있게
노는 수 형을 한참 바라봐요.
같이 놀고 싶은지 라떼가
수 형에게 다가왔어요.

튜브에서
튜브로 점프하기!

스노클링 장비를 쓴 수 형이
돌체, 라떼와 함께 잠수해요.
수 형과 돌체와 라떼 셋 중
누가 더 잠수를 잘할까요?

나한테 불리한
것 같지만…
일단 도전!

우리 누가
더 오래 잠수하나
내기해 볼까요?

공정한 게임을
위한 물속
하이 파이브!

돌체가 수 형에게 힘을 내라고 하이 파이브를 해 줘요.
인간과 수달의 우정이 아름다웠던 순간이었어요. 그런데 생각보다 수 형이 잘 버티죠?
사실은 진즉에 물속에서 나와서 수달에게 졌답니다. 수달 승!!

수 형이 물속에서 오징어 간식을 주자
돌체와 라떼가 수 형에게 다가가요.
그러곤 갑자기 돌체가 수 형에게
뽀뽀도 해 줬어요.

사실 돌체는 수 형의 입에 있는
오징어를 먹기 위해 다가간 것뿐인데, 이렇게
다정한 사진이 나왔네요~. 어쨌든 성공!

수영을 마치고 같이 몸의 물기를 닦아요. 어쩐지 더 친해진 느낌이 들어요.
다음엔 저도 같이 물놀이에 참여해야겠어요. 돌체와 라떼, 오늘 잘 놀았지?
오늘도 우리 즐겁게 놀았다. 마지막으로 수 형도 고생했어요~!

수달 가족 외에 다른 동물 식구도 돌봐요

염소가 방 안에 있어서 모두
놀랐지요? 다 이유가 있어요.
지금은 메론이가 건강을
많이 회복했지만 몇 달 전만
해도 큰 시련을 겪었어요.

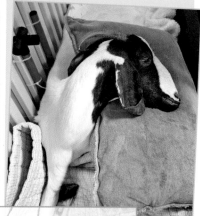

메론이가 갑자기 발작을 일으키며 쓰러졌었어요. 병원에서 여러 검사를 한 결과 영양 상태,
외상이나 골절, 디스크도 아무 문제가 없고 뇌 쪽에 문제가 있다는 소견을 받았어요.
의사 선생님은 뇌수막염을 의심하셨어요. 쓰러진 후 메론이는 사지가 마비되어
일어나지도 못하고 목도 가누지 못했어요. 게다가 시도 때도 없이 발작이 일어났어요.

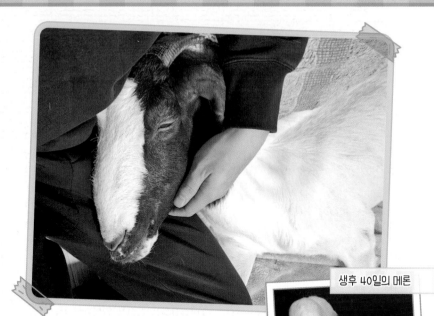

생후 40일의 메론

뇌수막염은 치사율도 높고 완치될 확률이
낮다고 해요. 메론이는 뇌 속 염증이 시신경을 덮어
양쪽 눈까지 보이지 않았어요. 그때는 저와 수 형 모두
눈앞이 캄캄했어요. 메론이를 처음 만났을 때,
같이 지냈던 날들만 생각나서 더욱 슬펐던 때예요.

오로지 메론이를 살려야 한다는
생각만 했어요. 그래서 메론이와
떨어지지 않도록 방에서 함께 지냈어요.
또 메론이의 약을 챙기고, 무엇보다
아플수록 끼니를 거르면 안 되기에
억지로라도 밥을 먹을 수 있도록 했어요.

전 열심히
치료받고
있어요.

밥도 많이
먹을 거예요!

제가 나아진 게
그렇게 좋아요?
그만 내려놔요~.

혼자서 밥을 먹을 수 있도록 꾸준히
재활 치료도 진행했어요. 그렇게
한 달이 지나자 목을 가누기 시작했고,
그다음엔 앞발에도 힘이 생기면서
아주 조금 걷기도 했어요.

그리고 눈도 점차 좋아져서 메론이는
눈으로 저만 좇았어요. 그때의 감동은
지금도 잊을 수가 없어요. 아직도 치료를 위해
갈 길이 멀지만 메론이도 싫어하지 않고
살기 위해 저희를 따라와 준 게,
그게 가장 고마워요.

약이 제일
맛있어요.

수 형과 달 누나의 방에서 지내는 친구들

그럼 본격적으로
다른 동물 친구들을
제가 소개할게요.

철없는 막둥이로, 모든 동물,
사람 가리지 않고 친한 척해요.
그러다 형, 누나에게 한 번씩
장난치다 혼나기도 해요.

찹 쌀 (남)

☆나이: 4살
☆특징: 길냥이 출신

오 디 (남)

☆나이: 6개월
☆특징: 길냥이 출신

한 덩치 하는 고양이로 식탐이 많고 느려요.
애교가 많아서 눈만 마주쳐도 골골송을 불러 줘요.
심지어 쓰다듬어 달라고 손으로 톡톡 치기도 해요.

치 즈 (남)

☆나이: 12살
☆특징: 파양묘

이 방을 나서면
더 귀엽고 매력적인
친구들을 만날 수
있어요~.

서열 1위를 유지하며 이곳 동물원의 터줏대감,
치즈 매니저예요. 동물들 간의 분쟁도 중재하고,
아기 동물을 사랑하는 베테랑 아기 돌보미예요.

화장실		뒷문	초식 동물들	수달 1 (수달 사동이)	수달 2 (돌체&라떼)
고양이 스컹크 페럿 도마뱀			매표&카페		모카&토피 +아기 수달 오동이
		앞문			

이 멋진 곳에서 사는 친구는 누구일까요?
저기 초록색으로 위장한 친구가 있어요.
바로 베일드카멜레온이에요.

☆나이: 1살
☆특징: 베일드카멜레온

페 퍼 (남)

민 트 (여)

페퍼는 덩치와 다르게 소심하고 겁이 많아서 사람 손이 닿으면 도망가요. 반면 민트는
거침없는 성격으로 겁이 없어, 할미가 사육장 관리를 하고 있으면 머리카락을 잡기도 하고
머리에 올라타려고 해요. 식탐이 많아서 항상 페퍼를 밀어내고 자기가 밥을 많이 먹어요.

믿 음 (남)

☆나이: 4살
☆특징: 줄무늬스컹크

소심한 성격이지만 간식 앞에서 적극적인
성격이에요. 간식을 달라고 졸졸 따라다니며
기어코 간식을 받아 내요. 할미와 같이 자는 날에는
팔베개해 달라고 애교 부리며 꼭 옆에서 자요.

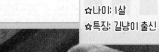

포 도 (남)
☆나이: 7살
☆특징: 페럿

쿠 키 (남)
☆나이: 1살
☆특징: 길냥이 출신

보통의 까칠한 성격의 페럿과 달리 상위 1%로의
천사표 페럿이에요. 사람뿐만 아니라
다른 동물에게도 친절해 서로 잘 지내요.
사람 얼굴만 보면 뽀뽀해 주는 뽀뽀쟁이예요.

에 디 (남)
☆나이: 1살
☆특징: 웰시코기

세상 날카롭고 강하게 생겼지만,
사실 겁쟁이예요. 낯을 많이 가리지만
할미가 다른 친구들과 놀아 주고 있으면,
어느새 다가와서 놀이에 동참해요.
웰시코기 에디와 단짝이에요.

에너지가 넘쳐 달리는 걸 좋아하고,
공 물어오기가 가장 좋아하는
놀이이자 특기죠. 선천적으로
간 장애가 있어 수술했지만, 지금은
누구보다 활기차고 장난기가 많아요.

누 룽 지 (여)
☆나이: 2살
☆특징: 길냥이 출신

망 고 (여)
☆나이: 4살
☆특징: 길냥이 출신

새침한 성격으로 사람에게도
다른 동물에게도 까칠해요.
다혈질 공주님이지만
궁디팡팡을 좋아해요.

갈색의 하얀 양말을 신은 것 같은 친구가
누룽지예요. 덩치는 제일 작은데, 겁 없고 강한
친구로 골든 리트리버 바나나도 두려워하는
실세 고양이예요. 막내 오디를 이뻐해요.

바 나 나 (여)

☆나이: 6살
☆특징: 골든 리트리버

세상 모든 사람을 좋아하는 사랑둥이,
길 가다 동상만 봐도 애교를 부려요.
그다음으로 담요를 좋아해요.

할미 바라기, 할미 말고는
모든 사람과 동물에게 관심이 없어요.
안기는 걸 좋아하는 애교쟁이지요.

설 탕 (여)

☆나이: 6살
☆특징: 비숑 프리제(미니)

화장실		뒷문	초식 동물들	수달 1 (수달 사동이)	수달 2 (똘체&라떼)
고양이 스컹크 페럿 도마뱀			매표&카페		모카&로피 +아기 수달 오똥이
		앞문			

코 코 넛 (남)

☆나이: 16살
☆특징: 설가타 육지거북

색깔로 먹이를 구분해서인지 당근색,
풀색의 옷이나 신발을 보면 따라다녀요.
'할미는 밥이다'라고 생각하는 것 같아요.

펀 치 (남)

☆나이: 4살
☆특징: 왕관앵무

후 르 츠 (여)

둥근 주황 반점이 있는 후르츠는 기분이 좋으면
노래 부르고 춤도 춰요. 할미 빼고 다른 사람에게는
공격적이고 질투도 심해요. 펀치는 모든 사람에게
친절하고 얌전해요. 하지만 특히 할미에게만
뽀뽀하고 재잘거리며 애교를 부려요.

땅 콩's

☆나이: 7살
☆특징: 프레리도그

아몬드

호두

땅콩

해씨

땅콩은 애교가 많고 안기는 걸 너무 좋아해서 다시 집으로 보내면 화를 내요. 누군가 기침을 하거나 큰 소리가 나면 다 같이 '끼욱!'하면서 경고음도 내요. 땅굴 파기 고수로 모두 4마리인데 볼 때마다 보이는 마릿수가 달라요. 디깅 존(흙바닥)과 스카이라운지(감시탑)을 오가며 제일 바쁜 친구들이에요.

소 다 (여)

☆나이: 1살
☆특징: 면양

휘 핑 (여)

☆나이: 2살
☆특징: 골든 햄스터

메론이를 언니로 생각해서 많이 따라요. 기분이 좋으면 점프를 하고 할미를 따라다니며 간식을 요구하기도 해요.

사람 손을 두려워하지 않고 먼저 다가오는 순둥이예요. 어릴 때부터 많은 동물을 봐서 큰 동물을 봐도 무서워하지 않고 다가와요.

그 밖에도 토끼와 기니피그 친구들도 함께 살고 있어요.

수달 가족들을 챙기는 것도 힘들 텐데, 다른 동물들도 살뜰히 챙기는 할비, 할미의 모습을 보니 새삼 대단하게 느껴져요.

앞으로도 잘 부탁하고 우리 행복하게 살아요~! 사랑해요~!

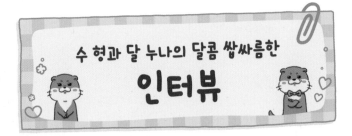

수 형과 달 누나의 달콤 쌉싸름한
인터뷰

수달과 운명적 만남부터 지금의 '이웃집수달'이 있기까지 다양한 얘기들을 풀어 볼게요!

Q. 이웃집수달을 보고 있으면 그 많은 동물을 일일이 건강 체크를 하며 돌보는 게 보통 정성이 아닌데요. 원래부터 동물을 좋아하셨나요?

네. ^^ 동물과 물을 좋아해서 '아쿠아리스트'라는 직업을 꿈꾸며 대학 전공도 했어요.

Q. 아쿠아리스트요? 생소하게 들리네요. 먼저 어떤 직업인지 소개 부탁드려요. ^^

수중 생물을 인공적인 환경인 수족관에서 건강하게 자랄 수 있도록 관리하는 일을 해요. 또한 수중 생물의 특성과 습성을 고려해서 수족관의 생태 환경을 조성하기도 합니다.

달 누나

▲ 전 직장에서의 모습

Q. 그럼 아쿠아리스트로서 일을 하시면서 수달을 만나게 되셨나요?

맞아요. 첫 직장에서 우연히 수달과 펭귄을 담당하게 되었어요. 이때는 몰랐지만, 지금의 저를 있게 한 운명적인 사건이었죠. 수달과 함께 지내다 보면 사랑에 빠질 수밖에 없어요.

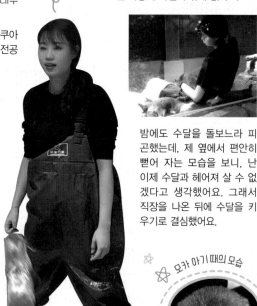

밤에도 수달을 돌보느라 피곤했는데, 제 옆에서 편안히 뻗어 자는 모습을 보니, 난 이제 수달과 헤어져 살 수 없겠다고 생각했어요. 그래서 직장을 나온 뒤에 수달을 키우기로 결심했어요.

☆ 모카 아기 때의 모습

Q. 그렇다면 수달의 매력 포인트는 뭐라고 생각하세요?

여러 포인트가 있지만 일단 얼굴이 너무 이쁘고 귀여워요. 작은 앞발과 뒷발, 통통한 꼬리까지 사랑스럽지 않은 곳이 없어요. 지능이 높아 똑똑하고 앞발을 잘 사용하는데요. 앞발을 사용해 먹이를 먹는 그 모습이 너무나 귀여워요.

▲ 모카

Q. 동물원도 수달을 키우기 위해 생각하신 건가요?

네. 수달(작은발톱수달)은 국제적 멸종 위기종이기 때문에 가정이나 카페 등에서 키울 수 없고 동물원, 아쿠아리움, 수달 연구 센터에서만 키울 수가 있어요. 그래서 수달을 키우기 위해선 사육 환경 조건을 맞추고 사육 허가를 받아야 비로소 수달을 키울 수 있게 돼요. 그래서 저희는 동물원에 맞는 시설을 갖추고 수달 사육 허가도 받는 등 여러 준비를 했어요.

아빠 닮았네

모카는 누구 닮음

▲ 모카와 돌체

Q. 그럼 수달과 함께하면서 행복했던 또는 감동적인 순간은 언제일까요?

아이러니하게도 제일 위기였던 순간이 감동이 컸던 순간이었어요. 바로 모카가 태어났을 때예요.
라떼가 나이가 많기도 하고 젖이 나오지 않아서 인공 수유가 꼭 필요했는데, 다행히 돌체와 라떼가 저희를 믿고 따라 줘서 모카를 살릴 수가 있었어요. 그때 서로에 대한 마음(사랑)이 통한 것 같아 기쁘고 감동스러웠죠. 사실상 야생이나 일반적인 동물원 또는 수족관의 경우, 새끼가 있는 부모에게 접근하고 또 새끼를 데려가려 했을 때 공격적인 모습을 보이고 스트레스도 많이 받거든요. 하지만 돌체와 라떼는 저희를 신뢰했기에 공동 육아가 가능했어요. 그래서 모카가 건강하고 수달답게 잘 큰 것 같아요.

Q. 어쩐지 모카가 오둥이를 출산할 당시 토피는 예민한 반응을 보였지만, 모카는 수 형과 달 누나에게 많이 의지한 이유가 있었군요.

아무래도 모카는 태어날 때부터 봐서인지 저희에게 경계심이 없고 의지도 많이 해서, 자기 새끼를 가져다 주기도 했어요.

◀ 오둥이 중
삼형제

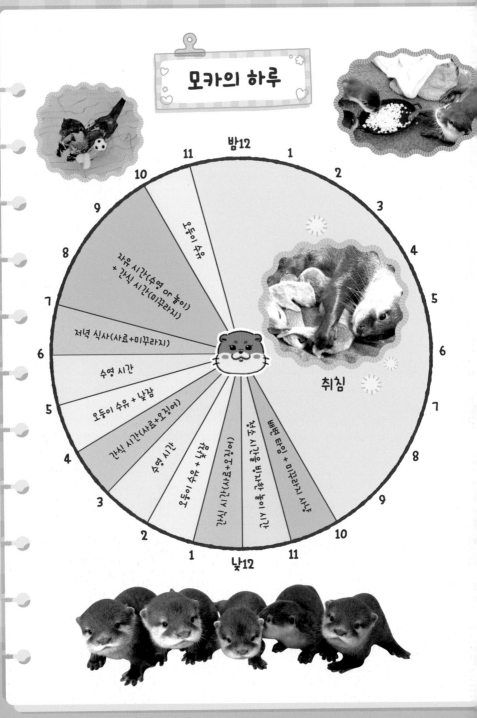

모카의 하루

Q. 오둥이 출산 후 모카의 하루 스케줄이 어떻게 되나요?

자세한 하루 일과는 왼쪽의 시간표와 같아요. 대략 오전 10시에 활동을 시작해서 11시쯤 잠자리에 들어요. 하루에 3~4번가량 오둥이 수유를 해요. 그리고 육아 스트레스를 풀기 위해 수영과 미꾸라지 사냥을 해요. 제법 빡빡한 일정을 보내고 있어요.

Q. 모카의 스케줄을 보니, 그에 맞춰 수 형과 달 누나도 빡빡한 일정을 보낼 듯하네요.

^^ 맞아요. 하루가 어찌나 빨리 흘러가는지 몰라요. 이제 수달 식구가 많이 늘어서 식사 준비, 수질 관리, 청소 등 일이 배로 늘었어요. 특히 모카가 저희를 너무 신뢰해서(?) 저희만 오면 수영하러 가는데요. 그 사이 저희가 오둥이를 책임져요. 또 수달 가족 외에 다른 동물 친구들도 신경 써야 하기에 하루가 정말 쏜살같이 흘러가요.

Q. 수달의 식단과 하루에 먹는 양은 어떻게 되나요?

수달의 영양 요구량에 맞게 유기농 사료와 칼슘이 풍부한 미꾸라지를 주고 있어요. 또 아이들 간식으로 오징어, 특별한 날 또는 보양이 필요할 때는 연어와 전복도 먹여요.
수달은 신진대사가 개, 고양이 같은 다른 포유류에 비해 4배나 빨라요. 수달의 몸무게는 3~4kg가량 되는데, 15kg의 강아지가 하루에 먹는 양과 같다고 생각하시면 돼요.

Q. 식비만으로도 비용이 어마어마할 것 같아요. 또 많이 먹는 만큼 속을 비우는 양도 많을 것 같아요.

식비가 많이 들긴 하죠. ^^ 앞에서 말한 것처럼 신진대사가 빠르기 때문에 많이 먹고 소화도 빨라 배변을 정말 많이 해요. 소형견이나 고양이가 한 번 배변한 만큼의 하루 10번 정도 볼일을 본다고 생각하시면 돼요.

Q. 〈당신이 수달을 키우면 안 되는 7가지 이유〉 영상만 보더라도 수 형과 달 누나가 얼마나 고생하는지 보이더라고요. 다시 태어나도 수달과 함께하실 건가요?

당연하죠. 사고뭉치에 똥쟁이들이지만 그 고생을 무색하게 만들어 주는 사랑스러운 매력을 가진 아이들이에요. 하지만 그 무엇보다 이미 이번 생에서 가족이 된 아이들이고 자식인데 다음 생에서 다시 만나고 싶은 마음은 당연한 게 아니겠어요?

Q. 마지막으로 수달에게 바라는 점 또는 보호자를 이해해 줬으면 하는 점이 있을까요?

반려동물이 있는 보호자라면 모두 같은 마음일 것 같은데요. 항상 건강하고 오랫동안 함께해 줬으면 하는 게 가장 큰 바람이에요. 그래서 아이들의 건강과 행복을 위해(병원에 가거나 약 먹기, 청소 등) 아이들에겐 불편하고 싫은 것들을 억지로 해야 할 때가 있어요. 이런 점들을 이해해 주면 좋겠어요. ^^
진짜 아프지 말고 건강하고 행복하게 오래 살자~♡.

○ Chapter 4 ○

둥이들의 성격 분석
& 특별한 사진전

마일로

보스

캐모

루이

로즈

사둥이 외모 및 성격 분석

요랬는데~

요래됐습니당!

버 터 (남)

☆외모: 납작하고 동그란 얼굴형. 제일 밝은 갈색 털에 부리부리한 큰 눈, 꼬리까지 통통한 몸과 분홍색 코를 가진 듬직한 미남상.

☆성격: 태어날 때부터 가장 크게 태어나 덩치가 가장 크고 식탐도 많음. 힘은 제일 센데, 행동이 느려서 2인자.

요랬는데~

요래됐습니당!

솔 티 (남)

☆외모: 길쭉한 얼굴형. 가장 진한 털색에 초롱초롱하고 동그란 눈, 날렵한 몸매. 까만색 코에 아이돌 꽃미남상, 현재 이수달 최고 미남 수달.

☆성격: 제일 활발하고 재빨라서 사 남매 중 서열1위, 호기심이 많고 장난기도 많음.

요래됐습니당!

요랬는데~

메 이 (여)

☆외모: 길쭉한 얼굴형. 범위가 넓은 흰색 눈
썹, 눈꼬리가 올라간 큰 눈, 날렵한 몸매, 까만
코의 여우상.
☆성격: 울보에 소유욕이 강해서 먹는 거나,
장난감 가지고 놀 때 형제들에게 성질냄.

요랬는데~

요래됐습니당!

오 뜨 (여)

☆외모: 원형에 가까운 작은 얼굴형. 범위가 넓
은 흰색 눈썹, 밝은 털색. 작고 오밀조밀한 눈, 코,
입. 얼굴 크기부터 전체적으로 몸집이 작음.
☆성격: 겁이 많고 소심하지만 친해지면 애교가
가장 많고 장난기도 제일 많음. 새로운 물건이나
사람에게 경계를 많이 함.

유전자 대결, 모카 vs 토피

엄마 모카

버터

솔티

아들인 버터와 솔티는 엄마 모카를 닮았어요.
공통적으로 둘 다 엄마의 큰 눈을 닮았어요.
특히 버터는 모카의 분홍색 코와 밝은 털색을 닮았어요.
솔티는 모카의 얼굴형과 눈매를 닮았어요.

아빠 토피

메이

오뜨

딸인 메이와 오뜨는 아빠 토피를 닮았어요. 둘 다 아빠처럼
눈가의 흰색 범위가 넓고 선명하게 보여요. 특히 메이는 토피의
큰 코와 얼굴형을 닮았고, 오뜨는 토피의 똘망한 눈매를 닮았어요.

사남매가 엄마 아빠의
유전자를 반씩 받았어요.
2 : 2로 무승부입니다~.

오둥이 외모 및 성격 분석

루 이 (남)

☆외모: 납작하고 동그란 얼굴형, 가장 밝은 털색. 작고 오밀조밀한 눈, 코, 입. 짧고 통통한 몸매로 분홍색 코. 꽃미남 아이돌형, 어린 왕자.

☆성격: 사람을 제일 좋아하고 애교 많으며 얌전함. 가장 작게 태어나 형제들에게 밀려서 위기를 겪었다가 인공 수유로 살아남, 뭐든 옷발 잘 받는 패션 스타.

보 스 (남)

☆외모: 납작하고 동그란 얼굴형, 진한 갈색 털, 귀 뒤에 뾰족뾰족하게 털이 나 있음. 머리 크기부터 남다른 덩치의 소유자로 까만색 코.

☆성격: 날 때부터 가장 크게 태어나 식탐 많고 현재 오 남매 중 서열 1위, 할미 할비에게도 한 성깔함, 잠이 제일 많음.

캐 모 (남)

☆외모: 길쭉한 얼굴형, 넓은 범위의 흰 눈썹에 큰 눈, 코, 입. 날렵한 몸매, 긴 다리와 꼬리로 분홍색 코를 가짐.

☆성격: 제일 호기심 많고 활발함, 수영도 제일 좋아함, 장난기도 많고 겁이 없으며 사람에게도 장난을 많이 검.

☆외모: 납작하고 동그란 얼굴형, 제일 진한 털색으로 튀어나올 듯한 눈, 통통하고 큰 덩치에 까만색 코.
☆성격: 제일 겁이 많고 소심함, 행동도 느린 편. 반면 식탐은 많아서 밥 먹을 때 놀라운 힘을 발휘함.

☆외모: 유일한 홍일점, 수달 가족 최초 삼각김밥 얼굴형, 넓은 범위의 흰 눈썹, 큰 눈, 짧고 통통한 몸매, 분홍색 코.
☆성격: 새침데기로 자기가 먼저 애교 부리는 건 괜찮고 사람이 만지는 건 귀찮아 함(고양이 같은 성격). 한 번씩 먹이나 사람에게 급발진하면서 달려듦.

19일 차의 우리는 꼬물이었지만
지금은 제법 수달다워졌어요!

찰칵 찰칵

177

사둥이 모음.ZIP

이웃집수달을 든든히 지키는 수달 사인방

먹방 중인 버터

터그 달인, 솔티

178

오둥이 모음.ZIP

한복이 어색한 루이

패션 스타 캐모

귀여움으로 유혹하는 보스

포즈도 닮은 모녀, 모카와 로즈

토끼 & 양갈래 소녀 꼬물이

꿀벌 꼬물이

날씨 요정 루이

일렬로 잠든 오둥이

안녕하세요? 🦦🦦
이웃집수달입니다!

시끌벅적 두이들이 몰려온다!

초판 1쇄 인쇄 2024년 11월 18일
초판 1쇄 발행 2024년 11월 25일

원작 이웃집수달
그림 권혁준 **본문 구성** 하지강

발행인 심정섭
편집장 안예남
편집팀장 이주희 **편집** 장영옥
제작 정승헌 **브랜드마케팅** 김지선, 하서빈 **출판마케팅** 홍성현, 김호현
디자인 디자인록

인쇄처 에스엠그린
발행처 ㈜서울문화사
출판등록일 1988년 2월 16일
출판등록번호 제2-484
주소 서울시 용산구 새창로 221-19
전화 02-799-9196(편집) | 02-791-0708(출판마케팅)
ISBN 979-11-6923-348-4

넓은 바다를 건너온 모카우유의
시끌벅적 한국 생활 적응기!
새롭고 신나는 일상 속으로 함께 떠나요★

귀염뽀짝한
특별 엽서
2장!

귀여움 한도 초과!
모카우유를 꼭 만나 보세요!

문의 (02)791-0752 서울문화사